KB024011

아침달 시집

# 몽상과 거울

양안다

시인의 말

어느 날, 나는 밤 산책을 나섰다.

"금방 다녀올게. 기다리고 있어."

그러나 밤 산책은 700일이 더 지나고 나서야 끝이 났다.

이제 어디로 가야 할까…… 거울 밖에서 내가 물었다.

거울 안에는 우리들이 있었다.
대답하는 사람이 아무도 없었다.

골목을 걸으면 그림자가 여러 갈래로 갈라졌다.

두고 온 마음이란 무엇일까.

거울 속으로 초대할게.


2023년 11월
양안다

# 차례

## 1부
## 거울 안에는 우리가 있다

## 2부
## 가운데에는 거울이 있다

# 3부
## 거울 밖에는 내가 있다

**부록**

# 1부
## 거울 안에는 우리가 있다

# 악보가 육체라면, 음악이 영혼이라면


히나토, 나의 유일한 음악.

그리고 빛.

세상은 선한 사람으로 가득 차 있다는 너의 믿음이 나를 혼란스럽게 만든다.

심장은 목줄 풀린 개 같지. 모든 것에 관심 갖고, 뛰어다니고, 컹 컹 짖어댄다. 같이 산책하자. 날 쓰다듬어줘. 내가 미안해. 그런데도 폭발하지 않는다는 게

이상해.

그래. 겁이 조금 나버려서.

　서로 다른 지역에서
　서로 다른 방식으로
　죽어가더라도

아무도 우리를.

히나토, 왜 하필 나를 원했어?

우정과 알코올. 우정과 자낙스.
잠에 빠지지 않고도 꿈을 꾸는 나날. 영혼은 육체가 찢어
지도록 노래를 부르지. 꿈속에서. 맞아. 꿈속에서.

목줄 풀린 개가 산길을 향해 달려가듯이…… 히나토, 우
리 영혼을 방생하는 일을 멈췄으면 했다.

나는 질주를 멈추고 싶어.

가슴을 도려내어 서로 마음을 바꿔보고 싶어.

아직도 그런 걸 믿어요?
마음을?
영혼을?

*개나 줘버려.*

*송곳니 사이로 침을 흘리며 질 질 질……*


컷.


어느 겨울날의 태양 아래에서

카메라 전원이 종료되었다. 내가 길거리에 엎어져 발작
하는데 아무도 나를 사랑하지 않았다. 그리워? 그리워. 나
는 이제 막 이륙한 여객기를 상상했다. 백인 남성이 말을 걸
더군. "I can't feel my face." 비명은 메아리. 그냥 목이라도 매
달든가. 얼마나 커야 들리는 것입니까. 승객들은 어쩜 저리
착한 척하며 살아가나 몰라. 괴로워? 괴로워. 여객기가 폭
발한다. 사람들은 심지에 불을 붙이며 기대하지. 밤하늘에
불이 붙는 걸 보려고.

　　내가 팔다리를 거꾸로 매달고 웃었다. 나의 유일한 음
악. 너는 여객기 안에서 폭발했어? 히나토……


　　나의 뇌를 꺼내서 입술을 그려주고 싶다. 그가 하는 말을

모두에게 들려주고 싶어.


설마요. 도와달라는 뜻이겠습니까?
설마요. 죽이고 싶었다는 뜻이었습니다.


행복했으면 좋겠습니다.


……그리고 히나토의 한겨울 편지가 도착한다.


'거품 물고 쓰러진 당신에게
「힘들면 살지 않는 것도 나쁘지 않을 거야」라고
말한 것을 조금은 후회하고 있습니다.
당신이 그런 사람이었다니 저는 놀라고 말았어요.
다행히 나의 주치의는
그게 적절한 위안이 되었을 거라 조언해주었습니다.
그래서 그때 자신의 발언에는
스스로 칭찬을 해주고 싶습니다.
물론 당신이 쓰러지는 일이

일어나지 않았으면 좋겠다고
늘 생각하고 있습니다.'


노래 부르기 전에

울음부터 연주하는 보컬이 있지. 나는 기억하고 있어. 사이키 조명이 나를 눈먼 개로 만들던 지하 공연장. 취객들이 춤추며 뿜어대는 연기. 무엇을 보려고 여기에 왔더라…… 두 눈 뜨고. 같이 산책할까? 두 눈 마주치고. 쓰다듬어줄래? 싫어. 싫어. 정말 싫다고. 혀 내빼고 헥헥거리며 히나토, 안개 속에서 너를 찾아다녔다. 당신의 불안. 당신의 침몰. 인간을 두렵게 하는 건 무엇입니까? 여기서 정신 잃으면 밟혀 죽겠지…… 당신의 질량. 눈먼 화가의 그림처럼.

너는 기억 못 할지도 몰라. 하이볼을 연거푸 들이켜다 테이블 위로 엎어졌으니까.

드디어 슬픔이 멎고 가사가 들리더군.
*I can't feel my face……*


나는 얼굴을 할 수 없다.

나는 내 얼굴의 느낌을 할 수 없네.

어느 겨울 태양 아래에서.

그리고 심장은 피를 흘리며 질 질 질……

# 꿈 일기

밤새 뒤척이다가……

내 몸에 영혼이 없다고 생각했다.

신에게 팔다리가 없다고 생각했다.

잠을 뺏어가는 주머니 같은 것. 바닷속에 숨다가 익사한 깃털 같은 것.

노래를 부르다가

노래를 부르다가

망상은 양해를 구하지 않아도 괜찮지.

어젯밤에 만든 이야기를 너에게 들려주고 싶구나.

# 문라이트

춤을 출래? 춤을 추자. 그게 좋을까. 그러면 조금 나아질
까. S는 웃었다. 나도 웃었어? 너에게 무얼 설명하면 좋겠
니. 나에게서 무엇을 이해하고 싶어? 영혼을? 웃겨. S는 발
끝을 세련되게 뻗었다. 내가 S를 향해 팔을 세련되게 뻗었
다. 뭐? 세련되게. 뭐라고? 세련이라고. 나는 쏟아지는 달빛
아래에 있었다. 약 기운이 녹고 있어. S의 얼굴이 흘러내렸
다. 따뜻한 물 한 잔이 필요해. 가루를 풀고 휘저었지. 끌어
안으면 체온은 비정상적이다. S는 주사기를 쥐고 있고. 38
구경 리볼버가 격발되듯이. 정맥 안으로 밀어 넣어줘. 방아
쇠를 당기면 폭발하는 것이 있어. 나는 S의 목덜미를 감싸
쥐었다. 뭐? 세련에 대해 설명하려고. 뭐라고? 춤을 추자고.
그게 좋을까. 그러면

무엇을 이해할 수 있는데?

춤을 추자.

……바늘은 어두운 곳을 겨냥하고 있었다.

달빛 아래에서.

그리고 쏟아지는 달빛 위에서. 발끝을 뻗으며 내가 중얼거렸지.

간지럽고 무서워.

간지럽고 무서워.

# 돌림 사랑과 절망 노래

우리는 그만 부르고 싶은 돌림 노래였다. 우리는 혀 짧은 소리로 마음을 고백했다. 우리는 아무 데서나 졸고 아무 데서나 사랑에 빠졌지만 그게 가끔은 서로를 아프게 했다. 우리는 의미 없이 펄럭이다 끝내 찢어지는 만국기. 우리는 슬픔이 지루해질 때마다 숲에 불을 질렀고, 도망치는 패잔병이었다가, 서로를 유배지로 여기며 품 안으로 숨어들곤 했다. 우리는 오직 서로를 위해 반복되는 악몽이었을까. 우리는 반지하에서 깨어날 때마다 얼굴에 쌓인 먼지를 털어야 했는데. 우리의 취미는 앞니가 부러질 때까지 악인의 얼굴을 두들기는 것. 꽃가지를 꺾어 잎을 떨어뜨릴 때마다 사랑한다, 절망한다, 사랑한다, 점치려 해도 언제나 마지막 꽃잎을 떼어낼 수 없었다. 훔친 차에서 번개탄을 피운 채로 호흡을 참을 것. 우리는 운동장에 십자가를 그려놓고 회개하면서. 멍청한 사람들이 퍼뜨린 소문은 우리보다 더 우리 같았다. 우리는 겁쟁이의 마음을 받아 적는 악사들. 우리는 서로의 두 눈을 가린 채로 공포가 사랑인 줄 알고 오랫동안 더듬거렸다.

0    22

# 실패한 룸펜들의 밤

빈, 2014-2020

듀듀, 2014-2021

두 마리의 개. 빈과 듀듀라고 부르자.

우리들은 둘을 친구로 만들었다.

어느 겨울, 주근깨 소년이 죽었고

그것은 우리들의 무용담이 되었다.

우리가 죽이지 않았어요.

우리가 죽이지 않았다고요. 그러나 그런 의심은

우리들을 멋있게 만들었지.

우리들은 새끼 양을 나무에 묶어

불붙은 각목으로 복부를 눌러댔다.

낑낑거리는 그 작은 것…… 나의 친구는

살고 싶어? 살고 싶으면 한국말로 빌어봐, 했다.

그러나 나의 등 뒤에 있던

누군가가 속삭였다. 살고 싶어……



손을 펼쳐봐.


겨울 새 한 마리가 날아갔다. 내 영혼의 음악은 그렇게
태어났다.

로와 이드의 손목에는 언제나 폭우가 쏟아졌다.

"자, 이번엔 네가 젖을 차례야."

로가 십자가를 새기자 핏물이 팔뚝까지…… 그것을 핥으려고…… 빈과 듀듀는 꼬리를 세차게 흔들었다.

*

빈.

왜?

나는 지금 너무 행복해.

나도 그래.

밥을 제때 주니까.

심지어 그들이 먹는 걸 포기하더라도.

산책을 제때 나가니까.

심지어 그들이 지쳤더라도.

그런데 이상해.

그런데 이상해?

떠돌이로 살던 때가 자꾸 기억나.

듀듀, 나는 음식물쓰레기를 다시는 뒤지지 않을 거야.

*

거실에는 흰 조명이 좌우로 흔들리고 있었다.

내가 바라보고 있었다.

로와 이드,

그리고

S는 취한 채로 춤을 추었지. S는 맨정신일 때면 증오하는
이에게 편지를 보낸다고 했다. *당신을 용서하면 내가 착한
사람이 되는 것입니까. 아니면 내가 당신을 착한 사람으로
만드는 것입니까.* 찢어진 부위를 소독하는 동안에도 S, 나
는 너의 불행을 응원했어.

*나의 소원은 선로를 이탈한 기차와 포옹하는 것—비선*

형적인 우연과 2차원 인간.

　　　안녕, 나의 친구들이여. 삶이 지루하다고
　　　　죽음을 원한다는 게 아니라네.


　내가 바라보고 있었다.


　풀린 눈으로
너희들의 춤을 지켜보다가 기절하는 일을 삼켜내었지.
　망가진 구체 인형을 들고 엉엉 울던 주근깨 소년……
　"주근깨가 사라질 나이가 되었을 때에도
　나는 그 별명을 좋아했어요. 내가 어른이 되지 않았으
면 했으니까요."
　재와 연기가 밤하늘로 솟구치던 시간.
　우리 손으로 불태운 장미밭에서 춤을 추었지.
　밟히는 게 장미인지 재인지도 모른 채……


　온통 시커멓게 뒤집어쓰고 알아볼 수 없었다.
　잿더미 속에서 나는 나인가. 너는 나와 가까운가.

우리의 마음이 우리였어?

성냥과 장미.
불길과 범람.
재와 연기.
리듬과 어깨.
발목과 중력.

비명과 감탄.
사랑과 악당.
붉은 얼굴과 검은 요정.
식칼과 튀어나온 못.
빈과 듀듀.
그것이 타버린 장미인 줄도 모르고
꼬리를 흔들었다. 우리의 결심보다 세차게.
자낙스와……
그런데 네가 먹는 약이 무엇이더라.

—나는 육체가 우리 자신이라고 생각해.

—그럼 구체 인형도 망가지면 천국에 가는 거야?


창밖으로 겨울 숲이 보인다.

주근깨 소년이 목매달았던 그곳.

사람들은 소문을 만들어냈다.

앙상한 가지가 어린아이의 목을 조른다거나

밤이 되면 숲 그림자가

아이들의 두 눈을 멀게 한다거나⋯⋯

*우리가 죽이지 않았어요.*

*우리가 죽이지 않았다고요.*

　　그러나 우리 셋은 분명히 들었다. 겨울 숲의 목소리는

돌림 비명이었으며 빠른 속도로 터지는 사이키, 녹색 별, 침

묵하라 침묵하라 강요하는 목소리, 그것은 영혼의 음악이

었으리라.

　　침묵하라.

　　침묵하라.

　우리 셋은 분명히 들었다.

손거울을 깨뜨리고

이것 봐.

이것이 너다.

그리고 나다.

우리는 분열한다.

네가 나에게 도움을 청하면

우리가 달려간다.

우리는 분열한다.


　고개를 흔들지.

나는 죽지 않을 거야. 나는 죽지 않을 거야. 나는 죽지 않
을 거야.


　꼬리보다 세차게.

　우리의 죽음 충동보다 세차게.


……이제는 밀물의 시간입니다.

모래알들은 겁에 질리겠지.

*

로는 말했다.

"춤의 가치, 사람들은 그것을 휘발성에서 찾았으나 우리의 춤은 영원할 것이며, 때가 되면 지금 이 순간 우리의 춤이 언젠가 무의식을 잠식하게 될 것이다. 숨 막히게, 숨 못 쉬게……"

*

*생각보다 멍청해.*

*생각보다 멍청하지.*

*그렇지만 생각보다 우리에게 많은 것을 해줘.*

*그렇지만 생각보다 그들 자신에겐 많은 것을 하지 않아.*

*그들이 오래 살았으면 좋겠어.*

우리가 밥을 먹을 수 있도록.
우리가 산책할 수 있도록.
멍청한 놈들.
우리가 계속 꼬리를 흔드니까.

*

어항 속 해마.
어항 속 해마. 둘.
잘 어울리지?
네가 죽으면 나도 따라 죽을게.
물방울이 터지는 꿈속에서.
웃기지 마.
웃겨. 정말.
깔깔깔 서로의 등을 쳐대면서.

나를 지켜보고 있는 영혼들이 있다면
나에게 영원보다 망각을.

……그리고 썰물의 시간입니다.

일부러 죄를 짓기에는 너무 어렸다.
일부러 죄를 고백하기에는 너무 부끄러웠다.

2020년 겨울, 숲에 불을 지른 방화범이
한 무리의 아이들이라는 것이 밝혀졌다.
그들은 새끼 양을 태웠다고 진술했다.
다음은 주동자인 '헤르만 로'라는 아이의 발언 중 일부이다.
"너무 추운 날이었어요.
우리들은 그 작은 것을 따뜻하게 해주려 했어요."
경찰은 지난 계절에 사라진 소년과
이들의 연관성에 대해
수사할 예정이라고 발표했다.

—내가 좌우로 요동치는 전등이 되면 어떡해?

흰 조명은 어둠 속에도 흰 조명.

그러나 S는 그것을 믿지 않았다. S는 주근깨 소년이 살아 있을 거라고 말했다.

우리가 저지른 일이 아니라고.

# 입원


그때 그 친구가 웃었었나. 손목에 붕대를 감은 채로.


그날 우리가

친구의 붕대에 적은 낙서.


*그날 기억해? 우리 너무 취했었나 봐.*

*항상 고마워. 너 덕분이야. 잘 회복해야 해.*

*미친놈. 그래도 힘줄은 무사하대.*

*멍청한 새끼.*

*이제 왼손잡이가 되려나?*

*THC.*

*박살 난 페달.*

*초침과 분침이 거꾸로 돌아가고 있어.*

*외계인 손 증후군.*

*퍼즐 한 조각 어디 갔을까.*

*금붕어들은 물길을 모르고 헤엄친다.*

# 데크레센도

한겨울에 사라지고 싶어. 오늘 밤, 세상 모든 비극을 온몸으로 통과한 사람과 사랑에 빠지고 싶다. 첫눈에. 첫눈 마주침으로. 로, 답장을 부치지 않아서 미안해. 귀신처럼. 귀신처럼. 열대야도 아닌데 나는 나체로 이 편지를 적고 있어. 유령은 인간이 아니다. 그런데 백색 커튼은 저렇게 흩날리고 있어. 로, 너와 사랑에 빠지지 않아서 미안해. 당신이 죽길 원했는데 나는 나를 짓이기는 조명 아래에서 춤을 췄다. 나를 봐. 너의 손바닥이 나와 알맞을 때. 취한 줄도 모르고 머리 흔드는 사람 좀 보라고. 로, 네가 모든 비밀을 알고 있다고 속삭였을 때. 잠들었어. 내가 손거울을 내리쳤습니다. 너의 손바닥이 나와 알맞았던 것처럼. 백사장을 나란히 걸으며. 모든 물결마다 이름을 붙여주겠습니까. 잃어버린 퍼즐 조각을 사랑한 적 있어요? 그리고 꿈에서 그와 함께 춤을 추었다.

이드, 너는 빠른 속도로 녹고 있는 얼음 같다. 어느 밤에는 비가 와서 생각났다고. 어느 밤에는 하현달이 예쁘게 떴다고. 어느 밤에는 갑자기 보고 싶다고. 취기 섞인 목소리에서 나는 너의 영혼을 읽으려 애썼다. 나는 한겨울에 사라지고 싶어. 점점 작아지는 너를 바라보면서. 그만 마실까? 우리는 우정을 그만둘 수도 있겠지. 거울 속 나와 눈 마주치고 싶지 않아서. 미안해. 진실을 말할게. 한겨울에 녹는 영혼에 대해. 나는 말이야, 이드, 그동안 너에게 거짓말만 하곤 했다. "당장 죽고 싶어. 당장 죽고 싶어. 당장 죽고 싶어." 그리고 꿈에서 그와 함께 춤을 추었다.

S는 골목을 걸었다. S는 잊고 싶었다. S는 너무 많은 비밀을 알고 있었다. S는 잊고 싶었다. 그러나 S는 골목을 걷고 있었다. 골목은 붉게 젖어 있었고 저녁이었다. S는 너무 많은 비밀을 알고 있었다. 매미가 우는데 보이지 않았다. 저 골목을 돌면 무엇이 나올까? S는 걷고 있다는 사실을 잊을 때까지 골목을 걸었다. S의 팔목은 붉게 젖어 있었다. 그리고 꿈에서 그와 함께 춤을 추었다.

연주가 끝나자 악단은 퇴장한다. 음악이 없어도 춤을 추는 내가 있었다.

이만 사라질까? 이것은 나의 질문이었으나 고개를 끄덕였다. 우리 모두가.

히나토, 나의 유일한……

# 성냥

이드, 그만 좀 태워……

머리가 깨질 것 같단 말이야. 진짜 제발…… 미안해. 이것만 마저 하고…… 웃겨? 뭐라고? 웃기냐고 지금. 그냥…… 좋잖아. 대체 뭐가. 나는 가끔 너무 베개가 된 기분이야. 베개. 그래. 베개. 팔이 저려. 시퍼렇게. 휴일에 어디 좀 다녀올까. 식물원.

식물원?

응. 나무랑 꽃도 보고…… 그럼 좋아? 다 태우고 싶어. 무슨 소리야? 성당에 불 지르면 예쁘겠다. 성냥 긋는 소리. 또. 또. 진짜 마지막으로, 하나만 더…… 이젠 내가 어디에 있는지도 모르겠어. 내가 너인 것 같기도 네가 나인 것 같기도…… 어제 내가 뭘 했더라? 밟아 죽였지. 밟아 죽였다니. 고양이. 갓 태어난 새끼 같았는데. 농담하지 마. 미안. 그런데 진짜야. 진짜가 뭔데? 새들이 날다가 추락하는 거. 멍청이들 뒤통수 후리는 거? 졸피뎀 녹여서 밀어 넣는 거. 킥킥킥킥킥킥…… 웃기지 좀 마.

슬프다는 말은

없어져야 한다고 생각해. 개나 소나 슬프다고 하잖아. 개나 소나…… 개도 소도 슬퍼. 나는 몰라. 그딴 거…… 짐승들은 무슨 낙으로 살지? 짐승들이 불쌍해. 짐승들은 어떻게 사랑을 인내하지? 슬프다고 말하면 하나도 안 슬픈 기분이야. 하늘은 휘파람을 불려고 구름을 만들었대. 뜬금없이 무슨 말을…… 그냥 갑자기 떠올라서. 슬픈 구절이지? 진짜 슬픔이란 게 뭔데? 사랑하는 거. 모조품 사랑은 뭐야? 우정인 척하는 거. 진짜 우정이 뭐지? 사랑과 혼동하지 않는 거.

너 취했어……

맞아. 집에 가야겠다. 자러 가자. 가자니…… 너랑은 안 가. 차라리 죽고 말지. 오늘 밤은 베개 없이 자겠군. 미성숙해. 죽을 때까지 우정을 사랑하자. 너는 나의 친구야. 너는 나와 친구가 아니었을 수도 있었어. 헛소리. 누가 꼬챙이로 머릿속을 헤집는 기분이야…… 다음 생에 만나면 커피 한 잔 마시는 사이로 지내자. 커피 한 잔. 그래. 딱 한 잔만.

죽을 때까지 우정 하자.

죽을 때까지…… 그래.

그게 좋겠어.

우리는 그렇게 했고

우리는 집으로 돌아갔습니다.

—이상하지 않아요? 성냥도 나무인데 그걸로 태우잖아요.

—우리는 가장 성공한 실패자야.

—거만하네요.

—그렇게 믿어야 나는 날 지킬 수 있어.

—십자가는 마지막에 타오르던데요.

—망치를 쥐면 다 못으로 보이는 법이래.

—성경에는 고양이가 등장하지 않으니까요.

샌드위치가 아니라 찰흙을 씹는 줄 알았다.
심야 열차를 기다리다 기절할 뻔했지.

저는 납작한 걸 사랑하나 봐요

좋아요. 2주 뒤에 뵙겠습니다.

네. 선생님. 감사합니다. 좋은 주말 보내세요.


밤의 주차장에는 탄 냄새가 난다.


킥킥킥킥킥킥……

# 모래시계가 깨지고 난 뒤

겨울 바다 아름다웠지?

그러게. 그때 참 좋았는데.

젖지 않겠다고 단언한 이드도 흠뻑 뛰어들고

   그날 산책하고 온다던 S는 어디로 갔던 걸까.

겨울 폭죽이 아름다웠다.

    노래 부르고 싶어.

함께 익사하면 나중에 발견되는 건 누구일까요.

   자, 같이 사진 한 장 찍자.

로가 삼각대를 세우고

셔터를 누르고

   우리를 향해 달려온다.

산책하고 온다던 S는 왜 오지 않는 걸까.

    발목에서 바닷물이 춤을 출 때……

우리는 젖은 풍경을 좋아하기로 결정하였습니다.

해변 가로등 아래에서 기이한 춤을 춥시다.

   젖은 옷을 입고 덜덜 떨었지. 해변으로부터

썰물이 모래알을 훔쳐 갈 때.

각자의 손에 수은등을 쥐고 드러누워 온몸을 적셨다.

여긴 바다니까.

나는 우리가 더 취할 필요가 있다고 생각해.

　그래. 바다니까.

서로를 물가로 밀치고

끌어안고

잠수하고

익사자에 가까워졌다가

　갑자기 모든 게 시시해지는 것입니다. 바다의 부피에
압도되어서.

　시시해.

　무서워.

독한 술을 돌려 마시며.

이건 어때?

능숙하게 알약을 잘게 부수었다.

　　　　　　징조도 없이 코피 쏟으며 하하하하하하……

성냥에 불이 붙고

눈앞으로 안개가 자욱해질 때……

　나비는 어쩌다 바다까지 갔을까.

하늘과

구름과

흰빛을 향해

나아갑니다. 오늘 날이 맑고 좋았지? 죽기 전에

다시는 이런 날씨를 못 볼지도 몰라.

병든 수선화를 태우면 알코올 향이 났다.

정말이라니까. 열병에 들뜨면 마치 내가 불덩이 같다.

신난다. 신나.

—나비는 어떻게 바다에 빠지지 않았을까.

—바다가 무엇인지 모르니까.

바다에 도착한 줄도 모르고.

하늘이 거대한 거울에 반사된다는 걸로 착각하고.

이상하지? 요즘은 자꾸 깜빡깜빡해. 다리 많고 느린 벌

레가 기억을 조금씩 파먹는 느낌.

어제는 이름을 잊을 뻔했습니다.

기억나? 부츠를 벗어두고

맨발로 너를 사랑하다 왔어. 지난 꿈속에서.

마구간에는 망아지들이 울어대는데

우리는 발을 동동 굴렀습니다.

*견딜 수 없습니다. 각자의 바다를.*

한 줌의 수평선.

*내가 두 팔을 길게 뻗고 다가갈 때……*

*나비는 푸른 환각을 보았다네.*

*그 환각 속을 헤매는 건 날개의 일.*

S는 산책에서 돌아오지 않는다. 미친 새끼.

　하늘과

　구름과

　흰빛을 향해……

나는 더 망가지고 싶어.

　나는 어릴 때 잠든 사이에 부모가 나를 찌를까 봐 밤을 지새웠어.

　나는 지난 애인의 복부를 걷어찬 적이 있어. 그가 내 이빨을 세 개나 부러뜨린 뒤의 일이지.

　　　　　　　　　그날의 기억은
　　　　　　　　여기서 종료됩니다.

　눈을 떠보면

아직 아침이 오지 않았구나.

S가 나를 바라보고 있었다.

어디까지 다녀온 거야?

　　S가 뭐라고 대답했더라.

그래도 그때 겨울 바다 참 좋았지?

그래. 다음 겨울에도 쉬다 오자.

모두 코에 가루 묻히고

하하하하하하 웃는데

　나는 보았다. S는 웃지 않았다.

# 목련 경전

생각해보면 영혼은 춤추기를 사랑하였다.

생각해보면 영혼은 죽는 것을 사랑하였다.

나의 친구들은

세상 모든 단어들을

목련잎에 적어 날리기 시작했다.

춤: 그것은 몸부림으로, 발작과 유사하다.

빛의 속도: 그동안 우리는 이것을 철저한 오해 속에서 다루었다.

영원: 두꺼운 폭설을 덮고 잠드는 것.

영혼: 그냥 죽고 싶어.

그러나 내가 목련잎에 적은 유서가

누군가에게 읽히는 일은 없었다: 나약한 자든 영특한 자든 빈곤한 자든 폭설 앞에서는 평등합니다.

# 구정물이 흐르는 내리막에서

고개 들고 나를 보아요.

연인들은 왜 사랑한다는 말을 하는 걸까.
증오하지 않겠다는 마음이 더 중요한데……

고개 들고.

한낮의 빛을 느껴보세요. 당신의 못난 표정으로. 흐느끼는 얼굴로. 빛에게도 피부가 있습니까. 태양은 빛이라는 악기를 조율한다. 이렇게 빛나면 노래는 아름답나요? 이렇게 연주하면 빛의 음성이 들리나요?

나를 보아요. 히나토.

아니. 숲을 태우고. 아니. 이것도 아니지. 비 젖은 숲을 태우고. 벌목꾼을 죽일 거야. 사실 나는 비 내릴 때 숲에 가본 적이 없습니다. 그러나 비 젖은 숲의 향을 알지.
아니. 인센스는 비 젖은 숲의 향을 이해한다……

나는 성냥에 불을 붙입니다. 나의 부모는 어릴 적 벽에다가 연필을 직직 그었어. *벌써 이만큼 자랐구나.* 계절이 지나면 또 연필을 직직 그었어. *또 이만큼이나 자랐구나.* 히나토, 너는 손목을 그었다. 아니. 내가 성냥을 그었다.

*너의 손목은 벌써 이만큼이나 자랐구나.*

*도대체 어느 멍청이가 너를 사랑한다고 했니?*

나는 조금씩 미끄러지고 있다. 중력이 싫어. 중력이 나에게 공포를 가르친다. 몇 층에서 떨어졌대? 글쎄……

엉망이고 진창이구나.

영혼은 이 작고 작은 육체에서도 길을 잃습니다. 진짜 멍청하다. 안 그래?

입을 맞출 때에도

나는 죽이고 싶은 사람을 떠올렸습니다. 마음이나 훔칠 줄 아는 새끼. 당신을 죽이려고 하는 사람을 죽이겠다고. 왜요. 나는 그러면 안 되어요?

마음을 훔쳤으니까. 내가 그들을 증오하면

안 되어요?

나는 멍청해서 히나토, 너를 생각했다. 네가 깊은 호수에 잠기는데 나의 두 발은 너를 쫓아가고 있어.

*멍청한 척을 하면서.* 아니. 나는 정육면체 큐브를 이리저리 돌리고 그것을 잘 맞춘다. 너에게 보여줄게. 아니. 나는 너를 따라 익사할 거야. 내가 멍청하지? 아니. 혹시 내가 미친 걸까?

고개 들고.

히나토, 너를 보면.

음악은 무엇이지?

빛은 어디에서 오는 거야?

너를 증오하지 않는다고 말해줄까.
나에겐 사랑하겠다는 마음이 필요한데……

─왜 울고 있어? 얼굴이 엉망진창이잖아.

내가 기르는 두 마리 개는
나의 방을 비 젖은 숲으로 혼동합니다. 인센스가 타들어
간다……

나는 잠깐 하늘을 올려다보았습니다. 물의 피부에서 연
주되는 빛. 어항 속 금붕어는 길을 잃었다고 착각하지. 아
니. 히나토, 물속으로 미끄러지는 건 나였다.

도끼로 자신의 목을 내려치는 벌목꾼이 필요한데……

# 목련밭

흔들리는 몸을 이끌고 와요.

거짓말처럼.

춤을 출까?

기나긴 꿈⋯⋯

종이 울리는 밤의 광장이었습니다. 사람들은 풍등에 소원을 빌고 하늘을 향해 날렸습니다. 작은 바람에도 풍등들은 흩날리고 춤을 추었을 뿐.

나는 그 애와 오래 손잡고 눈을 마주쳤습니다. 발을 움직였을까요. 몸부림이었습니다. 꿈에서 뛰쳐나오면 숲이었고 나의 얼굴이 젖어 있더군요.

누명을 뒤집어쓰고
소문 속에서 박제되고 싶지 않아요⋯⋯ 드라이플라워.

아직 내가 깨어난 게 아니에요?

눈을 뜨십시오. 눈을 뜨십시오.

　　무작위의 섬광……
　복부를 붙잡으며 깨어납니다. 제길 제길. 다음 꿈에서도 다음 생에서도 복부를 붙잡으며 깨어날 것입니다. 무덤에서 엉엉 울겠지.

　내가 얼어붙은 강에서 미끄러지는데 사람들이 손뼉을 쳤다.
　　춤을 출까?

　슬픈 자에게 복이 있다니.
　슬픈 자에게 복이 있다니.

　"작은 바람이 불었어." 그리고 내가 발을 움직입니다.

# 새의 눈으로 본 풍경

1.

거대한

건물이 건축되다가 멈춘 풍경. 인간 아닌 것들이

거주하는 곳에서.

세상 사람들은 꿈에서 만난 연인에 대해 말한다. 바보.
바보들이지 정말.
　고함을 지르거나 듣거나
　풀을 태우거나 연기를 마시거나
　　춤을 사랑하는 이유를 유연함이라고 말한다면 비웃음
을 사게 될까.
　바보들. 사람들은 종종 꿈에서 만난 연인을 향해
　주먹질을 한다.

팔이 뒤엉키고

발을 구르고

크게 몸을 뒤로 젖히면서

작게 킥 킥 웃었다. *같이 춤추지 않을래?*


우리는 발작하기 위해 부지런히 버텼지. 좋아요. 로와 이드, 그리고 S, 그러니까 우리는 걷고 걸었습니다.


그런데 음악은 언제쯤에야 재생되는 걸까. 우리는 우리가 너무 좋아서 견딜 수가 없어. 마을 축제가 끝나도 우리 축제는 끝나지 않았다. 좁은 방에서 폭죽을 터뜨릴 때, 맞아, 이드, 네가 화장실에서 걸어 나왔을 때 이마가 찢어져 있었다.


혹은 거울이 깨졌다거나.


피가 얼굴을 적시는 방식으로…… 조금 더, 조금만 더, 나빠지고 있었다.

—그때 행복했어?

—그때는 행복했지.


풀이 타오른다. 그냥 고함을 선택할걸⋯⋯



2.


창문이 녹고 있어.

아니. 눈송이가 녹고 있다.

그럼 창문은 흐를 수 없다는 뜻입니까.

얼굴도 모르는 우리네 아버지여.


벤치에 앉아서 생각이라는 걸 하다가⋯⋯

토끼가 있었나. 있었다면 흰 토끼였을 거야. 흰 토끼가 머릿속을 뛰어다닌다. 흰 토끼는 한낮과 어울리고 빛의 친척일지도 모른다. 그렇군. 빛을 줘야겠어. 나는 나의 머리통을 투명하게 만든다. 이제 모두가 나의 흰 토끼를 구경할 수 있겠지. 흰 토끼야, 너는 어딜 그렇게 바쁘게 뛰어다니니. 그래봤자 나의 머릿속인데. 그것도 모르고 너는 뛰어다니는구나.

벤치를 발명한 사람은 누구와 앉고 싶었던 걸까⋯⋯

"왼손 한 번 펴볼래?"

로는 그것이 우리의 운명이라고 했다. 운명이라고? 로는 손톱을 세워 나의 손바닥을 간질였다. 그리고 억지스럽게 손금들을 이으며 ㅆ를 그리는 것이었다.
　⋯⋯멍청이.
　흰 토끼는 나의 투명한 머리통을 사랑한다. 흰 토끼는 투명한 머리통 바깥을 본다. 투명한 머리통으로 침입하는 이미지를 본다. 볕을 쬐고 낮잠을 자다가 레이스에 늦는다. 나를 닮았군. 아니. 우리를 닮았어. 구름 가득한 날에는 투명한 머리통에 구름무늬가 새겨진다. 비가 내리면 빗물이 새겨지고. 해가 저물면 투명한 머리통으로 밤하늘이 보인다.

흰 토끼는 그렇게 시간을 이해한다.

생각이란 건 얕은 꿈과 같다……

나는 벤치에 누웠습니다. 그리고 다시 한번 밤하늘을 응시했습니다. 흰 토끼도 나를 따라 밤하늘을 관람하고 있었습니다. 운명이라니. 우연을 믿는 나와 흰 토끼는 자발적으로 죽을 것입니다. *그것도 나의 손금에 적혀 있어?* 로와 이드가 풀을 태웠습니다. 춤의 주인은 물론 S였습니다. 우리는 우스꽝스러운 춤을 추다가.

팔이 뒤엉키고

발을 구르고

크게 몸을 뒤로 젖히면서

작게 킥 킥 웃었다. *같이 취하지 않을래?*

물을 끓이거나 풀을 태우거나.

—그때도 고함을 지르지 않은 거야?

—그때도 침묵했지.

혹은 알약을 깨뜨린다거나.

## 빛 속에서 길 잃기

거대한

숲이 잠든 풍경. 인간 아닌 것들이

자꾸 떠오르는 시간 속에서.

절벽으로 떠밀었던 영혼.
새까맣게 그을린 새끼 양이 풀을 뜯는다.
튀어나온 내장을 빨랫줄 삼아 지저귀는 새들.
손을 뻗어줘. 손을 잡아줄까.
손을 만져줘.
부디 손톱으로 내 살점을 긁어줘.

*내가 살아 있다고 말해줘.*

*간지러워. 간지러워.*

　*섬광.*

　*섬광.*

　*섬광.*

*킥 킥……*

*우리네 아버지. 드디어 눈과 귀가 멀어버렸네.*


## 빛 속에서 빛 이해하기


나는 그의 머릿속에서 뛰어다닌다. 나는 그의 머릿속에 있다는 걸 인지하고 있다, 라는 사실을 그는 모른다. 그는 자신의 머리통을 투명하게 만들었다. 멍청이같이. 나를 자꾸 가르치려 들었다. 멍청한 주제에. 그가 벤치에 누워 잠든 사이에 눈이 내렸다. 나는 빛과 흰색을 구분할 줄 안다. 그는 이 둘을 자주 혼동한다. 그가 친구들과 숲을 불태우는 걸 나는 보았다. 그러나 그와 친구들은 기억하지 못한다. 취한 멍청이들. 내가 빛 토끼라는 사실을 그는 모른다. 그는 빛과 흰색을 혼동한다. 멍청이.


3.


어느 주정뱅이가 소파를 만든 것일까……


빈. 듀듀.
나의 손을 핥아주었구나.


내가 젖은 손을 뻗었습니다. 그것은 테이블 위 편지.


지난밤, 헤르만 로는 떠났어.
내가 돌아올 걸 알면서도 멀리 가버리다니.
돌아왔을 때 이미 로는 없더구나.
바깥이 우리 운명이라니.
그것은 단지 로의 운명일 텐데.
너는 너의 세계에 갇혀 있으렴. 편안하게.

*그래도 즐거웠어.*

*종종 편지할게. 아프지만 마.*

*—이드로부터*


고층 건물이 높이를 포기할 때⋯⋯


무엇을 먹고 살아남은 걸까. 떠돌이 개가 몸집을 부풀릴
때⋯⋯


—그 이후로 어떻게 됐어?

—히나토, 나는 친구들이 그리워.


그러나 멀리서 보면 너무 작아 보인다.

# one

손목은 폭력적이다.

물고기가 유영한다.

너는 눈물과 인공 눈물의 차이를 모르니까.

"한 번에 단 하나의 생각만 하고 싶어." 너는

광대 분장을 사랑하는데. 유리컵에

금붕어를 키워볼까. 좋은 부모가 되고 싶어.

웃었습니까? 웃고 있었습니다.

울었습니까? 울고 있었습니다.

양초는 한낮 속에서.

밤에는 암막 커튼을 치고.

필름을 되감아줄게. 비극적인 장면만 골라 잘라낼게.

입술 찢어져라 웃을 수 있겠지?

너는 허공에 칼날을 던지고 잘도 받는다.

물고기는 폭력적이다. 손목이 유영한다.

사람들은 나에게 그만 잠에 빠지라고 말한다.

의자에 오래 앉은 채로 나는 나와 대화를 나눕니다.

편지를 적으면서. 산책 좀 나갈까?

미쳤어? 아직 폭설이 멈추지 않았어.

맞아. 나는 한겨울에 산책을 나가곤 했다.

나는 기다란 수염을 분장할게. 너의 손목을

핥아줄게. 도대체 어떤 과거를 재생하려고

너는 그렇게도 많은 물고기를 기르니.

나는 너무 많은 마음을 잊었어. 그래. 너는

마음이 존재하지 않는다는 듯이 행동했지.

창문 밖에서 폭설이 쏟아진다.

겨울잠이 불가피한 생물을 사랑해.

한밤에 네가 슬픔 서커스를 펼칠 때

나는 웃었지. 그래. 너는 나를 위해 웃곤 했다.

눈 감으면 언제든 어둠 속에 머무를 수 있지?

웃거나 울거나.

광대와 고양이.

불안,

그리고 우리에게 허락된 음악은 얼마 남지 않았다.

꿈에서는

눈보라를 맞으며 땀 흘리고.

죽지 마. 여기서 눈 감으면 안 돼. 그러나 너는

머릿속에서 쏟아지는 영상을

감당할 수 없다고 말했다. 손목은 폭력적이잖아.

그래. 너는 물고기가 유영한다고 말했다.

두 눈을 감고.

두 눈을 감고.

인공 어둠 속에서 말했다.

# 12월

갑작스러운 날이었습니다. 아침이

잠들어 있는 동안 마당에는 새들이 한바탕 죽어 있었지.

　창문은 입김을 잃고

머리채 흔들며 미치는 건 눈보라였습니까? 보세요. 얼어
붙은 영혼이

너에게 손 내미는 것을. 내가 겨울을 시기하는 것이

당신을 절벽으로 몰아붙인다……

—증상은 언제부터 시작되었습니까?

—재해는 늘 뜻밖의 일이었으니까요.

창문 바깥에

가득 차 있는 건 겨울의 매혹이었을지도.

예기치 않은 날씨 변화에 압도되는 건 너였다. 내가 작은
우산을 쥐고

죽은 새의 내장을 헤집는 동안…… 이런 추위가 나를 못
견디게 해. 나의 증상이 너를 못 견디게 하는 것처럼.

　들었습니까? 박제된

프리지어의 목소리를…… "추위에 매료되는 동안

약간의 현기증을 겪곤 해요." 그러나 떠돌이 개들은

여전히 활기차게 움직이고 있었다. 얼어붙은 영혼이 내민 손을 잡은 건

우리가 아니라 죽기 직전의 새들이었다.

# 잉걸불

1.

그날 우리 중 누구도 죽지 않았다. 다음 날에도.

다음 계절에도.

우리들은 폐가에 모여 양초를 꺼내 들었다.
영적 의식이라도 가질까.
소원을 빌자.
못된 소원.
죽고 싶지 않은 소원.
죽고 싶지 않은 이유를 찾기 위한 소원.
그 새끼가 죽게 해주세요. 소원.
새들은 밤에도 노래를 부르지.
저들은 낮과 밤을 이해하지 못했구나. 이해하게 해주시
옵소서. 소원.

*내게도 문을 열어주겠니. 어제 그 애는 늦은 새벽까지 호*

숯가에 있었다는구나. 불을 피우고 재를 사랑하는구나. 노래 불렀어? 그들이 웃어주었니? 새들이 너를 찾아갔지만 이미 두 발은 연기가 되어 저 멀리 흩어졌구나. 모두가 너의 발을 들이마셨겠지. 안녕의 손을 흔들자. 불쌍하니까. 그 애를 불쌍하게 여겼지. 오만하게도. 미친. 내가 오만하게도 그랬어. 종종 나는 동정과 애정을 헷갈렸다. 제발 병들지 마. 너를 동정해도 괜찮겠니. 너는 문을 열어줄 수 있겠니. 잠든 그 애의 이마를 바라보고 싶었다. 나에게 노래를 불러준 적 없잖니……

　—그 애라는 인물은 누구입니까?
　—문득 저는 나무에 대해 생각했어요.
　—그래서 문은 열렸습니까?
　—나무는 여는 법을 몰라요. 문이 되는 방법만 알지요.

2.

그 애는
음악을 찢을 수 있다는 듯이 커다랗게
웃었고 함박눈이 펑펑 내렸다. 다음 계절에도.

그다음 계절에도.

─모든 계절마다 함박눈이 내렸습니까?

촛농은 팔뚝에 뚝뚝 떨어졌습니다⋯⋯ *한밤이 어둠을 부*
*정하기 위해.*

우리 몸속 장기들은 언제 망가지는 걸까. 헛구역질하면
초록 물이 쏟아졌다.

그 애에게 말하지 않았습니다.

제가 어떤 방식으로 죽게 되겠습니까?

점술가에게 물어보지 않았습니다.

"우리들은 아가미를 달고 태어났지.
고요하고 잔잔하게.
청력을 잃은 이의 죽음처럼.
열대어가 익사하는 방식에 대해."

나보다 권태를 사랑하는 당신에게.

기억나요? 꿈속에서 우리는 밤의 해변을 나란히 걸었잖
아요. 생명체라곤 우리밖에 없는 그곳에서. 약속이라도 한
듯이 걸음을 맞추면서…… 나는 당신에게 물었습니다. "눈물
은 왜 자꾸 눈 바깥에서 죽는 거지요?" "그건 우리도 마찬가
지이지 않나요." 당신은 대답했습니다. 나는 당신의 손목을
잡아 복부로 가져다 대며 여기, 여기가 발이라고, 자꾸 일러
주었습니다. 안아주세요. 안아주었습니다. 수평선이 우리
를 기다려요. 수평선까지 헤엄쳤습니다. 한바탕 웃음이 쏟

아졌죠. 함박눈이 펑펑 내렸습니다…… 기억나요? 꿈속에서 우리는 밤의 해변을 걸었고 나는 질투했어요. 어둠이 나보다 먼저 당신 얼굴을 훔쳐 갔기 때문에. 당신을 볼 수 없어서. 내가 눈이 멀었나 봐…… 내가 할 수 있는 건 당신의 입술을 찾아 더듬거릴 뿐……

　　　　　　　　　　권태보다 당신을 사랑하는 내가.


　*한낮이 빛을 인정하기 위해*……… 우리 두 발은 어둠을 찾아 부지런히 걸었습니다.


　정말로
　높은 고도에 다다르면 볼 수 있습니까.
　빛을?


　이제 막 태어난 짐승을 밟아 죽이자.
　그들에게 알려주겠습니다.
　세계라는 곳은 밟히는 곳이구나.
　누가 나를 밟고 갔습니까.

나무는 그림자를 매달고 서 있다.
밧줄에 목매단 이의 그림자를 본 적 있어?

숲은 나무의 공동체.
음악은 울부짖음의 파트너.

*내가 너를 초대할 수 있는데……*


3.


그때 그 폐가에서.


양초가 바닥나자 우리들은 어둠에 매혹되었습니다. 어
둠 속에서 친구의 입술을 만진 건 나였지. '살아야 해.' 입술
의 움직임을 느끼면서.

# killingmesoftly

이드가 말하길, 그때 그 일은 너의 잘못이 아니래. 꼭 전해달라고 하더라

로, 나의 친구……

답장 부탁해.

내가 부드럽게 죽고 있어.

로,

지혈하는 연인을 위해 욕조에 온수를 채우는 사람을 상상해봤니. 허름한 모텔에서, 가도 가도 끝이 없는 사막에 덩그러니, 자랑이라곤 넓고 텅 빈 주차장뿐인 그곳에서 나는 온수를 준비했다. 녹물이 쾅쾅 쏟아졌지. 조금 울었다. 타일 사이에 곰팡이 핀 화장실에서. 쪼그려 앉아서. 내 꼴이 우스워서. 그러나 허름한 방에는 연인이 울고 있잖아. 나는 입술이 터지도록 이를 꽉 물었다. 로, 지난 계절에 네가 보낸 편

지…… 이제야 읽을 용기가 생겼어.

어느 날, 교외 지역을 향해 운전하고 있었다. 좁고 절벽인 길이었지. 핸들을 잡고 있던 나의 시야에는 아무것도 보이지 않았는데 무언가 쿵 하고 부딪히더라고. 나의 차와 부딪힌 건 새끼 사슴이었다. 나는 그 새끼 사슴의 뿔을 잡고 질질 끌어 낭떠러지로 굴렸다. 세상일이 간단하더군. 문득 모든 게 시시해졌어.

그리고 꿈에서 깨어났다.

*내가 증오하는 건 아름다운 예언 문장.*

내가 더럽고 징그러워?

연인은 붕대를 풀고 자신의 생채기를 전시했다. "이것봐. 이거 다 네가 그런 거야." 아니. 나는 칼을 든 적이 없다. 연인이 겨드랑이며 옆구리를 벌려 보여주었다. 다 네가 그런 거라니까? 마음은 너무 괴로워. 연인은 아무렇지 않은 듯이 욕조에 열대어를 풀어 넣는다. 내가 죽게 된다면 연인의 이름을 유서 마지막 줄에 적을 거야. 욕조에 소금을 녹이고. 나의 작고 무서운 연인아. 신음 속에서 회복이 시작된다.

……굴러떨어진 새끼 사슴의 기분.

그럼에도 로, 사십 장 가까이 되는 편지를 보냈더구나. 그러나 거의 모든 구절은 지겨운 반복이었지.

*역시 죽는 건 나여야 해.*

*역시 죽는 건 나여야 해.*

*역시 죽는 건 나여야 해.*

그리고 꿈에서 깨어났다.

핸들에 머리를 처박은 내가 고개를 들었다. 절벽에서 나의 머리채를 잡아 던진 이는 누구였을까……

*내가 사랑하는 건 주사위 놀이.*

추신,

괜찮아. 유서에 너의 이름을 적지 않을 거야. 내가 아니
더라도 누군가는 적을 테니까.

# 더 짙은 블루

밤이군요. 밤이네요. 내가 이 밤을 걷다가 졸도하는 줄 알았어.

너는 가끔 뒤로 걸었지. 행인들이 비웃잖아.

그들은 한 박자 늦게 너의 시야에 보인다.

좋은 감정으로 만난 건

아니었지요?

나는 센강을 몰라요. 프랑스를 모르고 그러나 물에 대해서는 말이 많다.

검은 양이 두루마리 휴지를

한 칸씩

뜯어서……

씹어 삼켰습니다. "나는 과거의 기억에서

벗어날 수 없어."

*한 장 한 장마다 슬픔 일기를 적어보아요.*

「손목을 그으면 붉은 알이 있다」「연인은 아니지만 손잡고 포옹한다」「눈물을 닦아주다 내가 울었다」

나는 부드럽게 잠깁니다.

거울을 봐!

유년의 친구들과 한낮의 호수.

물결에 일그러지는 얼굴을 감상하는 것. 시간이 지나면

언젠가 나는 죽겠지? 언젠가 너도 죽겠지?

누가 더 슬플까.

⋯⋯그때 누가 나의 등을 밀었었나. 물비린내여.

언제까지 나의 후각을 인정하려고.

나는 한강을 알아요. 서울에 산 적도 있고 그러나 자연에
대해 말이 많지.

*제길 제길.*

환각에 도취한 새들이 기절하는 밤.

여름이 겨울을 쫓아가고. 겨울이 여름을 쫓아가고.

도망칩니다. 나만.


*마음 이야기 좀 그만해.*


나의 마음이 어떤지도 모르면서.

더 마실까요?

오늘은요. 나는 부드럽게 잠길 줄 아니까.

　　"너는 멋대로 나를 침범하고 선을 긋지.

　　내가 그 선을 넘을까 봐 무서워."

어둠 속에서 무엇을 떠올렸는지 나는 모른다. 무언가라도 결심한 듯이

그 아이가

　두 눈을 뜨자

나는 그 아이를 붙잡고 달렸습니다.

여름 잘 자. 겨울도 안녕히. 모두 내일 봐.

좋은 감정으로 다시 만나기 위해.


　　마음도 안녕. 내가 달려간다.


그 아이의 손등에는 멍 자국.


　검은 양은 휴지를 씹겠지요. 「그 아이는 대적하기 가장 두려운 생물이다」

# 개 두 마리

오래 살자.

응. 꼭 오래 살자.

건강하기.

삶을 구걸할 바에는 멋이 있게 포기하기.

절벽을 사랑하려고?

내가 먼저 죽을게.

바보 같은 소리.

1년만 더 살다 와.

나는 미쳐버릴 거야.

마중도 나갈게.

미쳐버린 영혼도 핥아줄 수 있어?

저기 봐. 창밖이 빛나고 있어.


　바보. 숲이 불타오르고 있잖아……


꿈에서 깨어나면 나 혼자 짖고 있었다.


혹시 개의 꿈을 꾸지 않았냐고 너에게 묻지 않았다.

# 사계

내가 새까만 얼굴로 젖어가는 게 사실 어느 새의 그림자였다면. 그저 커다란 새가 죽어가는 나를 기다리며 맴돌고 있는 것이라면……

피 흐르는 꿈은 따뜻하다. 붉은 꿈속에서. 붉게 시들었어. 너를 위한 꽃다발이야. 내가 검은 흙 속에 마음을 심어 두었다.

이제 보이니.

목련밭에서 두 무릎 꿇고

너에게 고백할게. 나의 죄. 나의 망가진 육체에 대하여.

히나토, 알약을 깨부수어봤니.

히나토, 뇌가 망가지도록 춤을 춰보았니.

가로등 하나가 유일한 축축한 골목에서…… 그 안개 속에서 내가 몇 번이나 주저앉았다. 깨진 화분처럼. 흙이 조금씩 새어 나왔을 거야. 깨진 화분처럼. 담배를 피우다가 구토를 하다가. 계속해서 쏟아내었다.

안개 속에서

불투명한 가로등 빛이 매혹적이구나……

기왕 죽을 거라면 아름다울 때 죽고 싶다고 했지? 너는 밤마다 유서를 썼다가 찢기를 반복한다. 그 조각들이 하나의 아름다운 유서로 맞춰질 때. 너는 목숨을 버릴 의지가 생기겠지.

어떻게?

누가 나의 새까만 육체에 영혼을 심었을까. 살기 위해 너무 많은 것을 죽였다. 내가 살기 위해 그랬어. 붉게 시든 꽃잎을 밟으며. 내가 계속 걸었다. 붉은 피를 흘리며. 붉은 꿈 속에서.

우리는 망가진 것을 사랑해……

나도 우리가 꽤 망가졌다고 생각해. 훌륭한 악몽을 만들었잖니. 빨간 꽃 노란 꽃 꽃밭 가득 피어도. 새들은 잘도 도네. 돌아가네.↰ 너무 어두워서…… 분명 두 눈 뜨고 있는데 내 손은 어디 있는 거야……

히나토, 이런 나를 용서할 수 있겠니.

히나토, 주사기의 마음을 이해해본 적 있니. 누군가를 살리거나 누군가를 망가뜨리거나……

---

↰ 미싱은 잘도 돌아간다. 심장은 사계절 내내 피를 내뿜고.

# 거울과 거울

왼쪽 거울에 내가 보인다.
오른쪽 거울에 내가 보인다.
내가 보인다.
내가 보인다.
내가 보인다.
내가 보인다.
내가 보인다.
내가 보인다.
보이지 않을 때까지.
우리가 보인다.

# 2부
# 가운데에는 거울이 있다

## xanax

개는 질주를 사랑한다. 어느 날 나는 짖지 않는 떠돌이 개를 보았고 그를 거두었다. 아니. 그가 나를 거두었다.

꿈속으로. 빈 병을 쥐고 밤의 거리를 헤매는 룸펜들. 밤을 작동시키는 홀로그램을 찾으려는 멍청이들. 짙은 새벽마다 폐가에 불이 붙는다. 주인 없는 비명 속에서.

꿈속으로. 사람들이 어둠 속에서 잠든다는 것이 이상해. 무엇이 우리 영혼을 잠식시킨다고? 텅 빈 새벽에서. 팔 차선 도로를 뛰어다니는 치기 속에서. 무엇이 인간을 빛으로부터 멀어지게 만든다고?

꿈속으로. 무너진 건물. 아니. 짓다 만 건물. 아니. 철거 완료된 건물. 좁은 방을 굴러다니는 유리병들. 부딪히면 예쁜 소리가 들린다. 서로를 아름답게 보이도록 하는 액체. 서로를 덜 어리석게 보이도록 하는 액체. 내 표정이 어때? 아니. 무너지는 중인 건물.

꿈속으로. 내가 너를 만들었다. 흰 벽지 위로 곰팡이가 피어나고. 너는 십자가 모양 곰팡이를 향해 성호를 긋는다. 나를 어지럽게 해. 무작정 뿜어대다 보니까 연기가 너의 얼굴로 흩어진다. 네가 웃을 때마다 미치고 싶었어.

꿈속으로.

모르핀.
어둠 속을 더듬거릴 때.
발음 가능한 단어를 떠올릴 때.
물 끓는 소리……
—사랑해야 해.
—사람이어야 해?
—살아야 해……
그렇게 살아 있었다.
사람은 없고
사랑이 없어서.
우정과 모르핀.

지금이 몇 시지……

총성.
비 내리는 종탑으로부터 들렸던가. 창문 밖에서
사람들이 달려갔다. 이름 모를 맨발의 소년이
비 젖은 채로 문을 두들겼을. 덜 마른 수건으로
빗물이며 진흙이며 닦아주었을 때……
　"먹구름은
　번개가 보내는
　연애편지이지 않나요.
　꼭 심장 같아라."
긴 침묵.
사람들은 흰옷을 붉게 적신 채 뛰어다녔다.
작가들은 방구석에 책 무덤을 쌓는다.
글자 놀음이나 하면서. 음악가들은 귀가 멀겠지.
주치의가 처방한 약통에는
한 아름 꿈이 들어 있다.
지금 이 순간에도 심장은 피를 내뿜고 있다는데.

손발이 차갑게 식는다.

나는 책을 수신기라고 불렀습니다.

나는 수신기를 환각제라고 불렀습니다.

나는 환각제를 규칙이라고 불렀습니다.

나는 규칙을 카메라라고 불렀습니다.

나는 카메라를 시체라고 불렀습니다.

나는 낡은 물체를 사랑했다.

우리는 방파제를 위태롭게 건너다가 마침내 야간열차와 여객선이 동시에 드나드는 곳을 찾아 앉았다. 아름다워. 아름다워? 그런 감상이 떠오른다면.

친구는 나와 함께 흑해를 바라보았다. 한낮의 모든 색을 집어삼킨 그 시커먼 물을 보면서…… 이 물은 몇 명의 인간을 삼켰으며, 우리도 그중 하나가 되지 않기를 바라며.

나의 영혼이 들킨 걸까. 친구는 문득 혼잣말을 했다. "아마 그들 스스로 걸어 들어갔을 거야." 출렁이는 수면에는 달이 일그러져 있었다. 야간열차가 지나가면 열차의 질주를 삼키고 여객선이 지나가면 뱃고동을 삼켜내었다.

그래. 네 말이 맞아. 나도 저 물을 바라보고 있으니까……

매혹을 이해하게 되었어.

해안가를 하염없이 걷다가 연거푸 하품을 하고…… 침묵 속에서 산보가 즐거웠다. 병째로 들이키면서, 주거니 받거니, 우리의 손에서 담뱃불이 옮겨갔다.

그리고 친구, 네가 갑자기 달려간 언덕 그곳……

친구는 목련밭을 밟고 서 있었다. 검은 그림자가 되어 그 하얗고 눈부신 곳에 서 있었다. "나는 사람들이 없을 때마다 목련들이 서로 대화를 나눈다고 생각해."

야간열차의 질주 소리가 아득하게 들렸다……

꿈을 꾼 걸까. 내가 정신을 잃은 걸까. 친구의 모습이 유령처럼 보였다……

춤을 추는 꽃이라고? 총천연색으로 얼굴이 녹아내린다고? 야간열차와 여객선이 우리의 비명이었다고? 친구, 왜 너는 흘러내리는 몸을 끌고 여기까지 왔어?

언제부터 매혹된 걸까.

흑해가 모든 걸 삼켜냈다고……


사람들은 나를 마주치면 몽중인이라도 본 듯이 놀라지

만 그것은 사실이 아니다. 사람들은 내가 바보 같은 꿈속을 헤매고 있는 거라 말하지만 그것은 사실이 아니다. 다만 연기의 형상을 사랑했을 뿐. 내가 끊임없이 생각을 확장하고 꿈을 배설하는 동안 아무도 나를 돌보지 않았다. 그것은 사실이다.


　우연히 발치에 떨어진 목련 잎—변두리: 왠지 묘하게 슬퍼져서 큰 소리로 웃어버렸어.


　자기혐오.
　너의 웃음이 나를 바닥으로 끌어내렸다.
　"불안 기계가 있다면 박살 내버리고……"
　내가 너에게 어느 것도 되지 않으니까.
　내가 너의 영혼을 조금도 울릴 수 없으니까.
　빛의 입술이여. 유성우로 찢어지는 입꼬리여.
　"어렸을 때 나는 염색약 병을 끼고 살았어요.
　모든 이들에게 나의 색채를 보여주었죠."
　알약 한 알,

반으로 쪼갰습니다.

나눠 삼킬까요?

만화경에 구슬을 넣고 돌린다. 눈알이 타오른다. 타오른
다. 타오른다.

숲의 고아들은 불씨를 이리저리 집어던지며

서커스를 즐긴다. 와아아아아아……

너는 불타는 숲을 걸어가고 고아들은 손이 잘려 있다.

나무에서 썩은 열매가 떨어지듯이.

뭉툭.

손목에서 열매가 피었다 떨어졌다.

*지금 들리는 이거…… 무슨 소리죠?*

　　　　　　　　　*나의 가장 못난 부분이 완성되는 소리.*

언젠가 낙과들을 주워 모아 유리병에 담아두었지.

겨울이 오고 있으니 깊은 잠에 대비하거라.

아이들이여. 모두 잠을 사랑할 운명이오니.

*이게 무슨 소리라고요?*

　　　　　　　　　*욕조에 물이 차오르는 소리.*

사람들은 가끔 서로의 손을 맞대어본다.

애정과

비밀과

마음을 감추기 위해……

"첫사랑…… 그것은 언제 시작되는 걸까요. 처음으로 연인이 되었을 때? 진심이라는 함정으로 발이 미끄러졌을 때? 아니면 연인이 나의 정신을 고쳐주었을 때……"

그 아이는 코피가 질질 흐르는 것도 모를 정도로 취한 채로 말했습니다.

손발을 벌벌 떨면서.

괴상하고 아름다운 꿈속에 있는 줄도 모르면서

사랑,

그런 단어를 잘도 말하는 것입니다.

나는 그 아이의 얼굴 위로 흐르는

코피의 궤적을 바라보았습니다.

지금 네 얼굴이 무슨 색인 줄은

알고 말하는 거냐고, 되묻고 싶었습니다.

그러나 그 아이,

풀린 동공을 간신히 붙잡으려 애쓰며

나에게

사랑……

그런 걸 말했기 때문에

나 역시 그에 맞는 예의를 차리고자 마음먹었습니다.

"사실 나는 무척 기뻤습니다. 내가 조금은 무례할 수 있는 질문을 당신에게 꺼냈을 때. 나의 미래에 당신이 포함되어 있다고 고백했을 때. 그 모든 순간마다 당신이 고개를 끄덕였을 때…… 그리고 당신이 나에게 처음으로 화를 냈을 때조차…… 하지만 이렇게 세수도 하지 않고 엉망진창으로 말할 수는 없는 거잖아요. 그래선 안 되지. 게다가 당신, 지금 어딜 쳐다보고 있는 거야……"

*그래서 물이 차오르고 있다고요?*

*물이 넘치고 있는 소리.*

이상하다. 욕조는 모든 사람에게 딱 맞는 크기다……

꿈 밖으로.

꿈 밖으로. 안녕. 아름다운 장면을 만들자. 당장 죽어도 아름다울 장면을 우리가······ 해변이나 숲이나 그런 거 말고. 무너진 벽을 등지고 춤을 출래? 우리가 사랑하는 건 죽음 충동의 반대말. 우리의 전위서정을 위해.

꿈 밖으로. 신도님. 이제 그만 포기하세요. 아드님은 이미 식었습니다. 성자 옆에는 언제나 광인이 있는 법입니다. 죄송합니다. 저는 위로를 할 줄 모릅니다. 죄송합니다.

꿈 밖으로. 같은 헤어스타일이니까. 이제부터 우리는 동료가 되기로 했다. 서로의 이마를 맞대며. 이것은 우리의 인사법. 너에게도 내가 동료로 보이니. 우리가 다른 꿈에서 만나게 되면 연인이 되기로 약속했다.

꿈 밖으로. 걸어 나갑니다. 꿈에서 저 먼 곳까지. 어디인지 알 수 없는 곳까지. 내가 걸어 나갑니다. 내가 나를 쫓습니다. 내가 나에게 쫓기고 있습니다. 우리가 걸어 나가고 있습니다.

어느 날, 나는 눈을 감고 휴식하는 개의 사진을 찍었다. 그것은 개가 죽었다는 뜻이 아니었다. 내가 그러고 싶었다. 아니. 우리가 그러고 싶었다.

# 3부
# 거울 밖에는 내가 있다

# 거울과 거울

거울을 바라보면
내가 보인다.


거울 속의 내가 거울을 바라보면
거울 밖의 내가 보인다.

# 사계

1.

흑발의 소년들, 친구가 아닌 전우가 되어, 센강에 단체로 드러누운 채로, 한낮에 햇볕을 쬐는 이들이여. 너무 일찍 깊은 잠에 대해 깨달아버렸구나. 들짐승은 아직 보이지 않고 날벌레 몇 마리 꼬이는 빛 속에서.

소외된 곳에서 얼어 죽은 이들이 기어 나왔다. 거리에는 비탈리 샤콘느가 흘러나왔다. 바이올린의 현으로. 녹는다. 녹는다. 녹는다. 각얼음이 빛의 날카로움을 잃어가는 동안.

나무 그늘 아래에서, 손차양을 하고 웃는 피크닉 속에서, 분수는 햇빛을 돋보이게 만들었다. 빛이 물을 아름답게 만든다고 여기는 사람들도 있었지만 아이들은 한 번도 빛으로 뛰어들지 않았다.

사람들은 꽃 기운 속에서 자주 낮잠에 빠졌다.

나는 다른 이유 속에서 자주 낮잠에 빠졌다.

누군가가 나의 발목을 적시며 사라졌고 젖은 나뭇잎, 나뭇잎이 빛난다.

2.

물고기들은 물속에서 자란다. 한낮의 저수지는 빛을, 한밤의 저수지는 어둠을 이해했다.

그해 몇 차례의 대홍수가 지나갔다.

거미는 사람 없는 집에 자신의 집을 짓는다고 했다. 대홍수 이후로 나의 집에는 거미가 수시로 방문했는데 그때마다 내가 이미 죽은 것일지도 모른다고 망상했다.

수몰지구에서 실종자가 늘어났으나 모두가 숲에 대해 무신경했다. 이미 새들이 떠나간 후의 일이었다. 나는 종종 머리통이 출렁였으므로 나의 흰 토끼는 수영을 이해하고 있을 것이었다.

저수지가 빛과 어둠 중 어느 쪽을 더 사랑하는지 알 수 없었다. 그건 물의 역할일지도 모르지만, 확실한 건 인간은 낮과 밤에 대해 무지했다.

새는 발자국도 모른 채 어떻게 무리를 찾아가는 걸까.

3.

안녕. 안녕. 안녕. 절벽에는 산양이 모여 있어. 그들의 노
랫말이 나를 주저하게 만든다.

저 높은 곳에서 잎은 떨어졌다.

얼마나 더 낮은 곳으로.

얼마나 더 낮은 곳으로.

어느 날에는 산보다도 거대한 산불이 났지. 도망치는 사
람들과 성당에서 기도하는 사람들이 있다.

공원에 덩그러니 목제 의자가 있다. 의자의 독립적인 쓰
임새에 대해 생각하는 내가 있다.

마흔아홉 번째 날에 우는 새들이 있다.

총성이 있다. 밀렵꾼은 새를 겨냥했지만 가장 먼저 숲을
이탈한 것도 새들이었다. 날아가자.

4.

　나의 토끼는 흰 토끼다. 겨울이면 보호색을 이해하는 흰 토끼다. 나의 머리통에서 불안을 학습한 흰 토끼다. 내연기관을 망가뜨리며 질주하는 흰 토끼다. 죽고 싶다는 건 목숨을 끊고 싶다는 뜻이 아니라는 걸 알고 있는 흰 토끼다. 이렇게 살고 싶지 않아, 그렇게 이해하는 흰 토끼다. 마을 축제에 묶인 채 끌려가는, 불더미에 던져지는 산양을 가엽게 여기는 흰 토끼다. 폭설 때문에 보이지 않지만 얼어 죽은 영혼을 볼 줄 아는 흰 토끼다. 나는 이 모든 걸 해 지는 절벽에 매달려 두 눈으로 직접 보고 기억했다. 조금 울기 위해 찾아간 그곳에서.

# 개 두 마리

노천극장에서.

상냥한 방식으로 눈보라가 내렸다. 무대는 계속된다. 비둘기들이 떼로 날아오를 때 아무도 놀라지 않았다. 테이블에는 과도가 놓여 있었다. 무대는 계속된다. 소년 배우가 칼을 던졌고 소녀 배우가 칼을 받았다. 소녀는 과도를 쥐고 캠프로 돌아갔다. 눈보라가 거세졌다. 모닥불은 모형이었다. 모형 불은 절대로 꺼지지 않을 것이다. 소년은 소녀 곁에 앉아 모형 불에 손을 넣었다가 꺼냈다. 무대는 계속된다.

나는 모든 것이 나쁘지 않았다. 소년의 손이 끝내 녹아내리지 않았다는 것. 소녀가 소년이 아닌 낙타를 찔러 죽였다는 것. 둘은 연인이 아니라 친구였다는 것. 리볼버 대신 우스꽝스러운 물총으로 총격전을 벌이는 장면도 나쁘지 않다고 생각했다. 눈보라는 모닥불을 꺼뜨리지 못하고 관객의 시선을 파묻을 뿐이었지만. 무해한 시대보다 야생의 시대에 충실한 연출…… 연극 마지막 장면에 이르러 소년은 젖은 채로 소녀에게 말했다. "나는 너무 많은 나를 죽였어. 앞으로 얼마나 더 많은 나를 죽여야 하는 걸까."

나는 모든 것이 나쁘지 않았다. 죽어가는 소년 곁에서 무

표정한 소녀처럼. 배우들의 머리며 어깨, 발목까지 눈이 쌓였을 때도 모닥불이 꺼지지 않는 것처럼……

*

나의 테이블에는 과일이 깎여 있습니다. 원한다면
그것을 언제든 집을 수 있도록.

과일은 느리게 상합니다.

과일이 변색되는 순간을 마주한 적이 있나요. 그것은 시간의 궤적이며, 인과의 흔적이자 인간이 영원히 풀 수 없는 사랑의 열쇠와 같은 것일지도 모릅니다.
어느 하루는 하염없이 누운 채로 천장을 바라보았습니다.
눈앞에 섬광이 번쩍이더군요. 우리네 아버지, 드디어 내게 오셨습니까. 그제야 두 눈을 감고
어둠을 응시하는 내가 있습니다.
연못과 수련.

고산병과 흔들다리.

한밤중에 마주친 공중전화 박스.

나의 발바닥에 짓이겨지는 포도밭이여.

나는 언제나 단내를 좇아 향했습니다.

그런데 그런데

나의 후각은 누가 무슨 이유로 훔쳐 간 걸까……

"사람들은 마음에 대해

쉽게 말하죠. 모든 마음의 주인이 된 것처럼.

나는 나와 너무너무 친하지만

나는 나에 대해 너무너무 몰라요."


―과일은 어떻게 되었습니까?

―과거는 모두 버려야 마땅한 것이에요.

―과거가 지금의 당신을 만들었는데도요.

―누군가가 과일을 또 깎아줄 테니까요.


사과는 다른 과일을 너무 빨리 죽인다……

몇 살 때의 일이었을까.

같은 반 친구를 두들겨 팼다는 이유로 다락방에 갇힌 적이 있었다. 그곳에는 낡은 책과 상자가 많았는데요.

그래. 상자에는 항상 누군가의 과거가 있습니다.

며칠째였을까.

나는 다락방의 작은 창문으로 세상일을 배웠다. 신문 배달부는 아침 여섯 시에 부지런히 달려갔다. 어떤 날에는 사십 분이 지나서야 나타났다.

신문 배달부는 슬픔에 잠길 것이다. 그는 지각했다는 이유로 당장 뛰어내리고 싶었을지도 모른다.

나는 모든 것이 나쁘지 않다고 생각했다. 그 좁은 다락방에서 먼지와 친숙해진 것. 부모의 비밀스러운 과거에 대해 알게 된 것. 그래. 그래서 날 이곳에 가둔 거야. 점심시간이면 음료 배달부가 달려갑니다.

저녁이면 공원의 가로등이 켜지고요.

새벽이면 공원의 가로등이 꺼집니다. 학교 선배들은 오토바이를 몰아 줄지어 어두운 공원으로 빨려 들어갔습니다. 병이 든 봉투를 흔들며.

그것이 내가 배운 것. 그날 노천극장에서

내가 눈보라를 맞으며 소년 소녀를 보고 있었다. 죽은 낙타를 옆에 두고, "이젠 어떻게 해야 해?"

"내가 밤을 지킬 테니 너는 낮을 지키렴. 그렇게 하자."

그리고 나는 무덤을 지키기로 했다.

묘원을 돌아다니는데 나의 이름이 적힌 무덤이 있었다.

안녕. 여기 있었구나.

나는 무덤을 파내 나라는 이름의 소녀를 꺼내었다.

무대는 계속된다.

# 더 짙은 블루

그때 머리끝까지 욕조에 잠긴
내가 생각한 것은 이러했다 :
   *역시 죽는 건 너여야 해.*
   *역시 죽는 건 너여야 해.*
   *역시 죽는 건 너여야 해.*

# killingmesoftly

어느 백인 남성은 맨정신으로 악몽을 꾸는 메커니즘을 발견했다. 지평선을 오래 바라보며 하늘과 땅이 뒤섞이는 장면을 확인했다.

터널은 어둠을 지키다가 열차가 통과할 때가 되어서야 빛을 획득했다. 질끈 눈을 감고 오랫동안 머무르면 빛의 산란이 시작되었다.

무대를 마친 보컬은 다시 울기 시작했다. 나는 아주 짧은 시간 동안 전시회에 걸린 작품이 되었을 뿐이야, 중얼거리면서.

두 마리 개는 인간이 먹다 버린 음식물을 핥았다. 그들이 잃어가는 건 미각이 아니라 정신을 담당하는 뇌의 한 부분이었다.

여객기가 추락하는데 아무도 울지 않았다. 모두 기절했거나 취한 상태였거나.

아름다운 시간이었지? 아름다운 풍경이었어. 의미 없는 대화가 흩어지는 거리에서.

빈민가에는 개 오줌 냄새가 났다. 아니. 맥주 냄새가 났다. 아니. 로드킬로 죽은 납작한 고양이 냄새.

한낮이면 새끼 양은 힘껏 울다가 밤이 되자 울음을 멈췄다. 덤불 속으로 뛰어들어 밤을 지새울 때.

나는 훔친 차를 타고 달리다가 새벽 고가도로에서 멈추었다. 속도를 잃은 건 노래하는 나 혼자였다. 충돌. 없었다.

# 잉걸불

한겨울 속에서 체온이 잘 느껴졌다.

영혼 과잉. 굶주림. 그들의 앙상블 속에서.

큐레이터는 남들 슬픔을 잘도 전시하지.

그래서 그게 언제였더라.
분명 미치광이의 목을 베어 그의 영혼을 구출해주었는
데……

"얼마 전까지만 해도 나는 절벽을 사랑했습니다.
산양이 되어 울다가 별자리가 되어 빛났고요.
개,
개의 울부짖음을 이해한 적도 있었습니다.
공원을 떠돌고
고작 하루하루 연명하는 게 목표인 적도 있었는데.
끝도 없는 해변을 걷다가 지겨워지면
숲으로 도주했고

불태웠고

이제 나는 초원에 덩그러니 놓여 있군요.

나의 다음 행선지는 어디입니까.

아시는 분?

손?

네. 아무도 안 들 줄 알았습니다."


*가자. 가자. 가자. 센강으로. 한강으로. 프랑스 사람이 되어. 가자. 산양의 발걸음으로. 한국어로 우는 소리 내며. 쏟아지는 포탄처럼 태양이 작열해도 땀 흘리지 않는 곳으로. 크게 웃다가 졸도해도 좋은 곳. 가자. 사랑하다 지쳐 죽는 사람들. 하룻밤 사이에 친구가 되는 빈민가. 컵케이크 밑에 꿈 알약을 심어주는 곳으로. 다섯 번의 흡입. 하지만 취하지 않는 곳. 가자. 가자. 가자……*


컷.


영상은 여기서 종료된다. 관람객들은 질서를 망가뜨리

며 걸음을 옮겼다. 큐레이터는 "다음 작품은……"이라는 말을 시작으로, 작가의 불우했던 유년과 가족 관계, 평범하다면 평범한 연인들과의 일화에 대해 말했으며, 사인死因이 된 병명을 끝으로 작품 소개를 끝마쳤다. 관람객들은 조용히 고개를 끄덕이거나 손바닥 크기의 노트에 기록이나 감상 따위를 부지런히 적었다.

"질문 있으십니까?

손?

저기, 검은 옷 입은 분, 말씀해주세요.

……

네. 네네.

아, 이 작가에게 행복은 없었냐고요?"

그래서 그게 어디였더라.

누군가를 오래 기다렸던 어느 꿈속의 장소……

낮과 밤.

지구와 달.

잘 어울립니다.

덜덜 떠는 육체가 한겨울과 잘 어울리고요.

꺼지지 않는 불씨입니다.


영혼은

연기가 되어 흩어지니까.


"이번이 마지막 작품입니다. 이 작가는……"


그러나 행복한 관람객은 아무도 없고요.

# 12월


옷장은 닫혀 있었다. 창문도 닫혀 있었다. 거실에서 눈이 내리지 않았다. 암막 커튼은 물결치고 밤의 진폭을 증가시켰다. 올해가 끝나가고 있구나. 창밖에는 사람들이 연말을 보내고 있을 것이다. 어린아이가 부모의 손을 잡고 시간에 대해 배울 것이다. 밤은 빛을 사랑할 것이다. 어느 연인은 귓속말로 밀담을 나눌 것이다. 세상 모든 비밀이 폭로될 것이다. 세계는 유지될 것이다. 무질서를 사랑할 것이다. 떠돌이 개는 배를 불릴 것이다. 옷장은 닫혀 있었다. 거울은 닫힌 옷장을 향해 있었다. 오래 살기로 약속. 꼭. 그날은 눈이 내렸다. 12월에는 눈이 무척 느리게 내리는 것 같아. 너도 그래? 그래. 그랬던 것 같다. 필름은 온전히 손상되지 않았다. 표정이 기억나지 않았다. 목도리는 무슨 색이었더라. 장갑을 끼고 있었던가. 아니. 언 손을 맞잡고 있었다. 코트에 단추가 몇 개 있었더라. 그런데 목소리는? 나는 눈빛을 사랑했지만 옷장은 닫혀 있구나. 귀가 멀어버렸구나. 전야제가 있을 것이다. 캐럴이 들릴 것이다. 나는 그것을 찬송가와 헷갈리곤 했다. 종교를 가져본 적 있어? 아니. 그러나 그때 눈빛에 매혹된 이후로 종교를 이해할 수 있었다. 밤새도록 허름한 기도가 계속될 것이다. 소원과 속죄가 반복될 것이다. 세계는 유지될 것이다. 그때 나는 언 손을 맞잡고 설원에 가고 싶었다. 끝도 없는 설원을 함께 기록하고 싶었다. 그런데 정말…… 창문은 닫혀 있던 걸까? 나는 암막 커튼을 걷었다. 거실에서 눈이 내리지 않았다. 머릿속은 이미 눈보라. 익사할 것이다.

# one


트럼펫의 울음소리.


광기였을까. 사자가 자신의 갈기를 물어뜯으려 머리를 비틀 때……


'그때 나는 성당보다 거대한 나무에 기대어 있었다. 걸인들이 무리 지어 지나가는 동안 나는 그들에게 경례했다. 은화는 햇빛 속에서 반짝였다. 양들은 초원에서 뒹굴거나 잠을 청하거나 풀을 뜯었다. 혹은 털을 골라내거나. 미사를 마친 어린 신도가 나에게 모자를 건네주었다. 그래. 어린 신도는 죽음에 조금 가까워졌고 나는 지쳤다. 대리석 위에는 나의 심장이 놓여 있었다. 그렇구나. 지금 나는 양치기의 꿈이거나 전생이거나 최면에 빠져 있다는 걸 알았다. 혹은 환각이거나……'


클라이맥스에서 연주자는 몸을 비틀기 시작했다. 트럼펫 머리보다 빠르게.

# 새의 눈으로 본 풍경

해 질 녘에 보았던 새와 눈을 마주쳤던 일.

무엇을 보고 왔니.

"오후 내내 망가진 울타리를 수리하더군요.
페인트를 칠하거나 못질하거나.
태풍이 오는 걸 알면서도요.
과수원에는 사과들이 후드득 떨어지겠지요.
불안의 눈.
충혈됩니다. 피로 물드는 풍경입니다.
시시하고 권태로워서 죽고 싶은 풍경이었습니다.
쓸모없는 걸 쓸모없다고 하지 뭐라 하겠어요?
그러니까 바보 소리나 듣지.
바보.
바보."

밤이 자신을 삼킬 때까지 울어대는 까마귀.

# 목련밭

우연히 그들의 속삭임을 훔친 어느 날.

"YOU DON'T BELONG HERE."

아니.
나는 이곳에 있을 거야.

# 구정물이 흐르는 내리막에서

*내가 굴러떨어졌을 때, 그 깊고 깊은 구덩이로 미끄러졌을 때, 어둠의 아가리로 온몸이 쏟아질 때……*

퀼트 무늬 옷을 입고 만나요.

약속. 새벽 두 시에.

남학생은, 그러니까 위악적인 게 멋인 줄 아는, 무용담 늘어놓기를 좋아하는, 치기 어린 마음은 그렇게 골목을 빠져나갔다.

각목을 쥘 때는 청테이프를 잘 감아야 한단다.

꼬마야. 칼을 쥐어본 적이 있니.

어지러운 건 미러볼이 아니라 나의 마음이다.

정말로?

하나 둘 셋…… 오늘도 주치의는 알약 하나를 잊었다.

그것이 약속입니다. 유리로 만든 잔입니다. 깨지고 흩어지면

조각을 주울 수 있습니다. 이것은 관자놀이에?

아니. 손목에.

······가로수들이 무의미한 계절입니다.

나는 찬비를 맞으며 *깨어났다*. 먹구름이 어둠을 사랑하는 시간이었다. 누가 이런 구덩이를 파놓은 거지······ 나는 어릴 적 놀이터를 떠올렸다.

## 육체보다 영혼

죽어.
죽어.
죽으라고.

아이들은 날개 잘린 매미를 흙에 파묻으면서.

웃음소리.

그만해. 그러다 다음 생에 매미로 태어나면 어떡하려고
그래.

그런 일은 생기지 않는다고.

그러나
이미 머릿속에서 아이들은 흙에 파묻히고 있었다.

한낮이 그들을 비추고 있었는데.

흰옷에 묻은 흙은 지워지지 않아서.

기록적인 폭우였지만 나는 잠시 지나가는 소나기라 여
겼다. 구덩이에는 빗물이 고이고 고이다 발목에서 찰랑였

*다. 이 모든 것은 끝날 것이다. 언젠가 죽음을 포기했듯이.*
*언젠가 파트너 없이 춤을 췄듯이. 꿈에서 한 세기를 보내고*
*나서 꿈에서 깨어났듯이⋯⋯*

## 영혼보다 육체

불완전해.

그렇지?

그런데 그게 우리를 온전하게 만드는 기분이야.

무질서 속 질서?

무질서 자체가 질서.

마음 건강 챙겼니.

몸 건강은.

진료는 꾸준하고?

단약을 해보려고.

그러지 마.

그러지 마?

죽고 싶을 거야.

나는 죽음을 포기한 지 오래됐어.

미치고 싶을 거야.

아니. 나는 복통을 앓다 죽게 될 거야.

아니. 너는 미칠 거야. 너는 미칠 거야. 꼭 명심해.

구덩이에 빗물이 허리춤까지 차올랐을 때. 할 수 있는 게
없군. 기도는 무의미하다는 걸 경험으로 알고 있었다. 이 폭
우가 멈추지 않을 거라고 직감했다. 마치 꿈속에서 그러했
던 것처럼. 어디서부터 잘못된 걸까. 매미를 파묻었을 때?
죄 없는 이의 뒤통수를 가격했을 때? 걸음마조차 못 뗀 짐
승들을 호기롭게 죽였을 때? 그 순간 떠오른 건 남학생과의
약속이었다. 약속을 지켜야 하는데. 새벽 두 시. 약속. 새끼
손가락 걸고 엄지까지 맞댔는데……

남학생은, 하나 둘 셋…… 각목을 쥐고 달려갔다.

# 목련 경전

견과류는 비슷한 맛이 납니다.

그렇지 않나요? 혓바닥에 나무 냄새……

물론 나무를 맛본 적은 없습니다. 편지지가 된 나무를 자
주 씹었지만.

편지의 내용은 혀로 기억되지 않습니다.

나뭇잎? 내가 그걸 삼켰었다고요?

몰라요. 나는 나의 과거를 헤매는 사람입니다.

살점은 어떻습니까.

나는 인간 살점을 먹어본 적 없어요. 인간 혀를
가끔 씹어보았을 뿐입니다. 당신도?

당신도. 혹은 언젠가는.

짐승 살점이라면 좋습니다.

식물 살점은 괜찮은가요.

건강이니 그런 건 몰라요. 나는 모르는 게 많지.

알려주세요. 꿈에 대해. 짐승은 어떤 심정으로
밤에 잠들지 않는 것인지. 빛과 물 속에서
식물은 불안을 떨쳐낼 수 있는지.

나는 몰라요. 그저 뇌 모양 호두의 맛을 느낍니다.

폭발을 사랑하나요? 나의 믿음: 모든 생물체는 죽기 전에 폭발하기 마련이다. 육체거나 영혼이거나.

개화하는 꽃을 보며 폭탄을 떠올립니다.

꽃잎이 떨어지는 걸 보며 오발탄을 떠올립니다.

니트로글리세린, 그러나

땅콩은 입에서 폭발하지 않습니다.

다음 생에 태어난다면 무슨 동물로 태어나고 싶나요?

왜요. 식물은 허락되지 않는 것입니까.

식물, 이라고 발음하면 어쩐지 꽃보다 나무가 먼저 떠오르고

목련잎은 어떻습니까.

그곳에 편지를 적어주어요.

내가 그걸 읽을게요.

답장은 기대하지 말아요. 폭발 직전의 마음처럼.

폭발을 꿈꾸는 땅콩처럼.

다발로 묶어서.

# 모래시계가 깨지고 난 뒤

기억에 의존하자면.

그래. 기억은 불확실했다. 그러나 기억에 의존하자면.

나는 나의 흰 토끼를 떠올렸다. 그걸 모두에게 보여주고
싶어서 투명한 머리통을 만들었다.

어때. 너무 근사하지?

흰 토끼는 이빨을 갈았다. "이빨이 자라면
간지러워서 자꾸 갈아야 한대요."

나는 흰 토끼에게 달빛 아래에서 추는 춤을 가르치기로
했다. 기억에 의존하자면

만월이 뜨는 밤.

나는 음악 없이 홀로 춤을 추었다. 흰 토끼가 춤을 배울
수 있나요?

글쎄요. 그러기엔 뜀박질을 너무 사랑하는걸요.

그 뜀박질이 그에게는 춤일지도 모르지요.

기억에 의존하자면

토끼를 키우자고 한 건 내가 아니었다. 너희 집에 내 토
끼를 키우고 싶어. 내가 밥도 주고, 건초를 갈아주고, 흰 토끼
가 너의 방을 이해하는 동안 우린 포옹 정도 할 수 있을 거야.

그렇구나……

내가 잠들 때면 흰 토끼는 이빨이 간지러워 나의 머리카락을 씹어 먹기도 했다. 내가 잠들 때면 흰 토끼는 내 곁에서 같이 잠들기도 했다.

기억에 의존하자면

흰 토끼가 머리통에 들어온 건 그쯤이었다. 나는 자다가 흰 토끼를 깔고 뭉개고 싶지 않았다.

너도 잘 때 이를 갈더구나.

내가?

기억에 의존하자면

흰 토끼가 사라진 날에 나는 눈 쌓인 골목을 걷고 있었다. 취한 채로 주저앉아 담배를 태웠다. 항불안제를 삼켰다. 취한 채로. 더 취한 상태로.

흰 토끼는 눈길 속으로 달려갔을까.

—왜 겨울은 정서를 동반하지 않는 걸까요.

—사람들은 여름 색채를 사랑하는 법입니다.

—그렇지만 나는 언제나 겨울을 좋아했어요.

—흰 토끼처럼.

―흰 토끼처럼.

기억에 의존하자면

눈 쌓인 골목에서 내가 잠들었다. 흰 토끼는 누군가에게 도움을 요청하러 갔을지도 모른다. 눈이 계속 내렸다. 얼굴을 전부 덮을 때까지.

그때 나는 왜 깨어나지 않은 거지?

그러나 흰 토끼는 나의 영혼보다 성숙하고, "이만하고 집으로 돌아가는 게 어때?" 그런 속마음을 내비치기도 했다. 기억에 의존하자면

지금도 나는 잠든 상태일 수도.

## 성냥

한 번에 하나씩.

그것은 세상 사람들이 좋아하는 일이다.

한 번에 여러 개.

나는 성냥갑에서 몽땅 꺼내 불을 붙였다.

"이것 좀 봐. 숲이 타오르고 있어,"

안개 속에서 벌어진 일이었지. "날 좀 도와줘. 그리고 미
안해."

그 말을 한 건 나였어야 했다.

# 데크레센도

어느 겨울, 그는 눈더미 속에 얼굴을 처박았다. 과거를
받아들일 수 없었다. 과거는 녹지 않는다. 호흡이 버거웠
을까? 겨울에는 얼어 죽은 쥐들이 많았고 그는 그들을 한
데 모아 얕은 곳에 묻어주었다. 그는 주위를 둘러보았다. 목
격자가 있다면 자신이 쥐를 죽인 걸로 오해받을까 봐. 소문
이 두렵니. 어젯밤 그는 오랜 친구를 절벽에서 떠밀었다. 그
의 애인은 그를 믿기 위해 물었다. "당신이 등을 민 게 아니
라 절벽이 달려든 거지?" 그의 내부에서 갈비뼈는 훌륭한
현악기가 된다. 아 아 아, 눈더미 속에서 공명했다. 그는 그
가 만든 쥐들의 무덤으로 향했다. 누군가 무덤을 파헤친
듯했고 죽은 쥐 몇 마리가 보이지 않았다. '길고양이 짓이겠
지. 아니면 얼어 죽은 쥐들이 깨어나 뛰쳐나갔다거나. 그것
도 아니라면 혹시……' 아 아 아. 언제부터 기절해 있던 걸까.
그의 얼굴은 눈더미 속에 있다. 숨이 막히지 않는다. 익사는
없다. 반성이 없다.

*

　요절하고 싶다던 그 애는 죽지 않았다. 나는 살기 위해 그 애와의 일화를 일기장에 적었다. 어느 날, 그 애가 그것을 훔쳐 보자 일기는 편지가 되었다. 일기장에는 이런 문장도 있었다. '그 애를 아프게 만든 악인들을 모두 죽이고 싶었다. 그다음 그 애를 죽이고 나도 죽을 생각이다. 내가 제일 악인인 걸까.' 나는 웃는 얼굴로 죽고 싶지 않다고 했다―이건 그 애에게 저지른 마지막 거짓말이었다.

*

　동물원에서 아이에게 질문이 생긴다. '철창이 야생보다 안전하지 않을까?' 그리고 이러한 생각을 부모에게 전달했다. 부모는 곰곰이 생각하다 대답했다. "사람들도 갇혀 있는 건 마찬가지니까." 아이가 부모의 대답을 이해한 건 십수 년 후의 일이다. '누가 나를 이곳에 가둬놓고 돌아오지 않는 거지?' 아이는 꿈속에 있다.

*

눈 더미에 머리를 처박은 채로 만든 노랫말이 있었다. 나는 그것을 자랑스럽게 흥얼거렸다. '친구여, 나뭇가지에 걸린 게 아니라 바위에 달려든 거지?'

*

마음이 무겁다. 마음이 나를 끌어내린다. 마음이 나를 형편없게 보이도록 만들었다. 그러나 나는 언제나 나의 마음을 사랑했다.

*

거울 속으로 뛰어든 새를 본 적이 있다. 나는 거울 속에서 죽은 새와 거울 밖에서 죽은 새가 같은 새라고 여겼다.

*

하나의 손으로 인사한다. 하나의 손으로 살해한다. 손이
세 개였다면 마지막 손으로 무얼 했을까.

*

누구나 세 개의 바다를 가지고 있다. 나를 위한. 너를 위
한. 마지막은 다신 돌아가지 않을.

*

나는 초원에 있다. 들판에 있다. 잔디는 춤을 춘다.

*

악어는 익사하지 않는다. 인간은 익사한다.

# 입원

자고 일어나면 나아지겠지.

자고 일어나면 나아지겠지.

자고 일어나면 나아지겠지.

자고 일어나면 나아지겠지.

자고 일어나면 나아지겠지.


'부모는 침대 위 아이들에게 양 세는 법을 알려준다······'


좀 괜찮니?


양은 초원을 사랑하고 186마리가 풀을 뜯는다.


187마리.


188마리.


침대에 소나기가 쏟아진다. 풀이 온통 젖는다.

# 실패한 룸펜들의 밤

방구석에 구겨져 있다. 약봉지처럼.

물약을 쏟고 누워 있다.

팔다리 달린 알약처럼.
숨을 쉬고

참다가.

창밖으로
눈발이 흩날리고 있습니다. 새의 활강을 연습하고 있습
니다. 석유난로 위에서
끓고 있는 주전자. 입김이 번지고.
온수에서 녹는

가루.
쏟아집니다. 창밖으로 눈보라.

창밖에는
눈 덮인 골목이

나를 기다리고 있습니다.

*

나는 아무것도 못 해요. 스스로를 제어할 수 없고 매일 밤 혼자 쏟아져요. 나는 아무것도 아니야. 나는 아무것도 아니니까. 장작 대신 나를 던져줘요. 불덩이야. 사랑에 금지당한 사람이야. 살아야 해. 살아야지. 아무렴. 신기루. 친구들이 보고 싶어⋯⋯

가느다랗고 길게 펼쳐지는 오로라 속에서.

내가 너를 찾아가도 돼?

저는 조금씩 기억을 잃고 있습니다.

눈앞에 사물을 두고도 인지하는 데에 오래 걸려요.
솔직하게 말해주세요.
선생님, 제가 병에 걸린 걸까요?


"우리에겐 수많은 가면이 있다네.
오늘은 웃는 가면.
내일은 우는 가면. 하지만 밤마다
나는 녹는 가면을 쓰지요."


내가 죄인의 심정을 이해한 걸까.
낡은 골목에서 종소리가 울려 퍼진다.


자정까지 기다릴게.


*지옥이라는 곳이 없었으면 좋겠습니다.*


나의 얼굴이 어떤가요?

바보.

바보.

바보.

세 번 되뇌었습니다.


내가 꿈을 꾸는 걸까. 5분 간격으로 웃다가 울다가 울다가……


—괜찮아요. 호르몬이 균형을 찾아가는 일입니다.


나의 집이 너무 멀다……


*


"눈이 그쳤나요?"


대답하는 이도 없는데.

왜인지 나는 자꾸 녹는다.

일어날 의지도 없이.

신기해.
내가 사라져요.
입김보다 빠른 속도로.

# 돌림 사랑과 절망 노래

비밀을 말해줄까.

사실 나는 아픈 사람이 아니야.

나를 위해 기도하지 않아도 돼.

친구에게도 진실을 꺼낸 적 없지.

비밀을 말해줄까.

절대로 진실을 꺼내지 않을 거야.

나는 아픈 사람이 아니야.

비밀을 말해줄까.

우리 집엔 빈 약통이 많고 나는 이유 없이 웃는단다.

나는 이유 없이 울곤 한단다.

나는 나를 위해 기도했어.

비밀을 말해줄까.

단 한 번도 아프다고 말한 적 없었어.

진실을 꺼내지 않을 거야. 나는 아픈 사람이 아니야.

기도하지 않아도 돼.

그리고 나는 망가졌어.

# 문라이트

파티가 끝나간다. 취한 손님들은 소파나 바닥에 늘어져 잠들어 있다.

스피커에서는 더 이상 음악이 흐르지 않는다. 우린 우리를 사랑해, 그런 독백이 음악이 된다.

　파티가 끝나기 전까지
　나는 약한 사람이 아니었습니다.

그렇습니다. 내가 혼자 추는 춤. 혼자 죽는 춤.

나는 느린 춤의 속도로 다가가니까.

도망치세요. 달이 우리에게서 조금씩 멀어지니까.

두 발이 중력에서 벗어날 수 있다는 믿음처럼.

양이 울타리를 뛰어넘어

초원 밖 세계를 볼 수 있다는 믿음처럼.

영혼이 육체를 벗어나듯이.

나의 영원한······
빛이 사라질 수 있다는 듯이.

감사합니다.

제게 박수를 주세요.

소원.

공격적인 마음이 나를 병들게 하지 마시옵소서. 소원.

선한 사람이 되겠습니다. 그러니까 제발.

창문은 열려 있었을까요?

거실에는 눈이 쏟아집니다.

여기 익사자는 없어요. 파티가 끝나가니까.

그런데 달빛은 끝나지 않습니다.

# 꿈 일기

끝없는 꽃밭이었다.

나는 어지러운 색채를 사랑했다. 나의 생각은 뒤섞이고
흔들리고 있었다. 두 발은 비틀거렸다. 날이 개었구나.

물웅덩이는 어제의 폭우에 대해 알려주었다.

나의 개야. 이제 그만 좀 뛰거라⋯⋯

*

밤새 뒤척이다가
꿈을 꾸었었나 생각하다가
노래를 부르다가
노래를 부르다가
당신을 부르다가

내일 만들 이야기를 당신에게 들려주고 싶다.

내일 만들 호두파이를 당신에게 먹이고 싶다.

내일 만들 노랫말을 당신에게 불러주고 싶다.

전날 밤 꿈속에서 당신에게 먼저.

*

화사한 꽃배에는 아름다운 장식품. 꽃 하나인가. 꽃 둘인가. 잘 지내요? 나는 시든 꽃으로 시간을 셈하고 있어요. 오늘도 당신은 나의 꿈에 방문하지 않았습니다. 나는 꽃잎 조금 따서 차를 끓였고, 술을 조금 섞었고, 당신 생각 조금 했고, 오래 침묵했습니다. 꿈 밖에서 비가 그쳤는지 이곳에도 비가 오지 않고요. 열기가 식지 않은 총구의 형상에서 태양의 테두리를 발견했을 때. 내가 몽상가가 된 걸까요. 나팔 소리 아름답고 하늘 높고

혼잣말도 노래가 되는 날입니다. 그런데도 당신, 어디 갔어? 다음에 만나면 나의 두 눈에 꽃을 심어주겠다고, 총천연색 가득 섞은 액체를 마시자고 했잖아요. 나의 개가 미친 듯이 찾아 헤매고 있어. 나는 꿈의 다음 장으로 밀려나고 있

다. 물웅덩이에는 아름다운 색깔로 기름이 퍼져 있고요. 환각처럼. 당신 그림자를 보다가. 환청처럼. 당신 목소리를 듣다가. 환후처럼. 당신 체취를 맡다가. 환촉처럼. 당신 손등을 만지다가. 나는 나를 뒤흔드는 색채 속에 빠져 죽고 싶었다. 나의 개야. 이제 그만 기다리자꾸나. 좀만 쉬다 산책을 나가자. 나의 개는 눈이 커다랗고 나의 얼굴이 잘 비친다. 나의 눈에는 무엇이 보이니? 환각처럼. 꽃 아니한가. 무지개. 무지개. 무지개……

# 악보가 육체라면, 음악이 영혼이라면

나는 꿈에서 쫓겨난 사람이구나.

　밀물에 떠내려온 유리병처럼…… 육체가 망가지도록 춤출 때마다

나의 영혼은 병 속의 편지처럼 떨고 있었습니다.

지난 애인이 실종되었다는 소문을 들었지요.

병든 새들이 끊임없이 지저귀는 소리.

날개도 없이 슬픔을 느끼는 시간입니다.

\*

아직 사랑할 힘이 남아 있던 시절.

　때때로 잠든 너를 보며 죽고 싶다는 생각을 삼키기도 했지.

너는 자면서도 내 손을 잡아주는 사람.

*해일이 오면 우리*

*온몸으로 받아낼 수 있을까.*

　사랑은 공중그네와 같다고 말한 곡예사는 관객들 앞에서 으스러졌다.

깔깔깔 쇼의 일부인 줄 알고 몸을 젖히며 웃어댔지.

폭우가 쏟아지면 창문을 두드리는 음악이 들린다.

　　그리고 숨소리.

　　눈 감은 네가 고요히 떨리는 걸 바라보면서.

　너는 살아 있구나. 지금 너는 나와 함께 있구나.

　꿈에선 행복을 느꼈어?

손가락으로 뺨을 눌러보면 네가 살아 있다.

　　그러나 잠든 너를 보며 죽고 싶은 생각을 삼킨 건 나였지.

젖은 마음을 우비처럼 껴입고 오래 울었다.


*


마지막 꿈입니다. 이국의 풍차가

쉴 새 없이 돌아가는 초원입니다.

　　당신은 나를 가두지. 가슴팍에서 나는 익사합니다. 나
는 죽었어요.

　　죽은 나를 껴안고

　당신이 울잖아요. 죽으려면 나가 죽으라고 말하더군요.

마음 안에서 시들지 말고 꺼지라고

　　소리를 지르니까요. 총성이 울리면

　　숲에서 추방당하는 새 떼.

　　꿈 무덤에 꽂은 칼자루. 어쩌면 나는 네가 부르다만 노래

입니다.

　　찢어진 악보입니다. 폭탄이라도 되는 것처럼.

　　꽃 덤불입니다. 성대 잃은 새.

　　꿈 바깥으로 달려갑니다. 우리의 합주가 끝나니까

　　관객들은 손뼉 치며 환호하고요.

　　　음악이 여기서 멎습니다.

　　그런데 부서진 건 나 혼자였어요.

발문

# 우리는 얼마나 겹쳐 있습니까

봉주연 / 시인

아이였던 시절에, 처음 거울 속에서 골똘히 나의 모습을 찾았던 순간을 기억합니다. 큰 거울 앞에서 작은 손거울을 들고 귓불과 턱선이며 뒤통수를 보는 방법을 깨닫습니다. 이게 나구나, 나를 이루는 것들은 이렇게 생겼구나. 거울 앞에서 처음으로 나를 감각했던 기억. 하지만 거울에 비친 나는 진짜 나와 언제나 조금씩 어긋나 있습니다. 좌우가 바뀌어 있고, 나의 맞은편 자리에, 언제나 타자의 자리에 있습니다. 거울을 통해 바라보는 나는 사실은 '나의 타자'에 불과할지도 모른다는 불안함. 나는 잠시 나에게 발이 묶여 있을 뿐, 나 스스로가 될 수 없습니다.

나는 너를 봅니다. 너를 볼 때 나는 거울 속을 바라본다고 느낍니다. 거울 속에서 내 얼굴을 살피듯 네게서 나의 얼굴을 찾습니다. 여름 볕에 탄 둥그런 이마와 골똘히 집중할 때 힘이 들어가는 미간, 둥그런 코끝, 짓궂게 올라간 입꼬리……. 나를 구성하는 요소들이 네게도 있기를 기대합니다. 희게 빛나는 각진 이마와 선명한 눈썹, 뼈가 만져지는 단단

한 코끝, 주저하는 닫힌 입술……. 네 얼굴을 찬찬히 볼수록 너는 나에게 아랑곳하지 않다는 걸 알게 됩니다. 얼굴은 얼굴과 넘치도록 차이가 있습니다.[주] 거울 속 나도 진짜 내가 아닌데 나는 우습게도 네게서 나를 찾으려 갖은 애를 썼던 거예요.

> 손거울을 깨뜨리고
> 이것 봐.
> 이것이 너다.
> 그리고 나다.
> 우리는 분열한다.
>
> —1부 「실패한 룸펜들의 밤」 중에서

금이 간 손거울. 이 시집을 손에 들고 있노라면 종이가 아닌 손거울을, 그것도 금이 간 손거울을 들고 있는 것 같습

알렝 핑켈크로트, 『사랑의 지혜』, 권유현 옮김, 동문선, 1998, 31쪽.

니다. 같은 제목의 시들이 2부 '가운데에는 거울이 있다'를 사이에 두고 1부 '왼쪽에는 우리가 있다'와 3부 '오른쪽에는 내가 있다'에 역순으로 실려 있습니다. 시집 스스로도 자신이 거울의 물성을 지녔음을 숨기지 않고 있습니다. 이 시집은 마치 깨져야지만 본래 기능을 할 수 있는 거울인 것 같습니다. 기계를 뜯어봐야 그 구조를 알 수 있는 것처럼 "거울의 작동 원리"(「me」, 『천사를 거부하는 우울한 연인에게』)를 알려면 우선 손거울을 깨뜨리고 그 위에 비친 분열된 나의 모습을 봐야 합니다. "연인이란 박살나기 전까지 서로의 두 눈에 환상을 부어넣는"(「pleasedontleavemealone」, 『천사를 거 부하는 우울한 연인에게』) 관계이자 "서로의 미래가 놀랍 도록 닮았다"(「밝은 성」, 『백야의 소문으로 영원히』) 고 착 각하는 사이이므로, 시 속의 로와 이드, S 그리고 히나토는 주 저 없이 손거울을 깨뜨려 금이 간 자신의 얼굴을 봅니다. 그 속에서 너를 봅니다. 마침내 분열하는 우리를 바라봅니다.

'너와 나는 닮았다', '너와 나는 친밀한 사이이다', '우리는 겹쳐 있다'……. 이런 고백들은 얼마나 허망한가요. 나는 너에 대한 허상을 바라보고, 착각을 사랑할 뿐입니다. 시간을 아무리 오래 갖고 서로를 지켜보자 한들, 그건 시간을 오래 두고 당신의 허상을 살펴보겠다는 말밖엔 되지 않는 거예요. 끝에 이르러선 나는 너에 대한 상상과 헤어지게 될 것입니다. 거울 앞에 선 나조차 나의 타자를 바라보는 것일 텐데. 너를 오래 지켜볼게, 결정할게, 그리고 사랑할게……. 이런 다짐이 얼마나 허망한지.

그 허망함을 딛고서, 시 속의 화자들은 거울 속 타자의 위치에 있는 나를 바라봅니다. 그 속에서 너를 봅니다. 이들에게 훗날 거울이 깨져버릴 것이란 건 중요하지 않아 보입니다. 이들은 이미 "끝내 우리가 조각날 거라는 사실을 알고 있"(「꿈속 얼굴을」, 『천사를 거부하는 우울한 연인에게』)습니다. 서로에 대한 상상을 사랑하게 될 것임을 믿고, 그 상상과 헤어지게 될 결말까지 모두 끌어안습니다. 이들은 이렇게 말하는 듯합니다. '당신은 긴 시간을 두고 나를 착각해보겠다고 다짐하는군요. 그렇다면 나도 당신의 허상을 골똘히 바라보겠습니다. 끌어안는 순간 품에는 껍데기만 남을 뿐인 빈 포옹일지라도, 당신과 온전히 겹쳐질 수 없는 포옹일지라도 상관없어요. 나는 기꺼이 이 멋진 무력감을 견뎌보겠습니다.'

S, 나는 너의 불행을 응원했어.

—1부 「실패한 룸펜들의 밤」 중에서


너는 나에게서 어긋나 저 먼 곳에 속한 표정을 짓고 있습니다. 그런 너를 보면 항상 궁금합니다. 나는 너의 '친한 사람'이 맞을까. 우리는 같이 밥을 먹고 길을 걷고 계절이 변하는 것을 함께 느낍니다. 너의 어떤 얼굴이 잠을 잘 잔 얼굴인지, 설친 얼굴인지도 알 수 있습니다. 나는 등 뒤에서 네 손가락을 듣습니다. 복도 끝에서부터 체취를 알아챕니

⏎ 알렝 핑켈크로트, 『사랑의 지혜』, 권유현 옮김, 동문선, 1998, 26쪽.

다. 너에 대한 마음을 요약해달라고 한다면 나는 줄줄이 엮여 나오는 말들을 고르느라 한참을 고민할 거예요. 우리는 이렇게나 많이 겹쳐 있습니다. 하지만 먼 곳에 속한 표정을 짓고 있는 너는 언제나 내게 스스러운 사람입니다.

'친한 사람'의 기준은 사람마다 다르겠죠. 하지만 로, 이드, S, 히나토의 세계에선 그 기준을 명확하게 제시할 수 있습니다. '너의 악행까지도 응원해주는 나를 발견했을 때, 나는 온전히 당신의 편이며 우리는 비로소 친한 사람이라고 말할 수 있다.' 이것이 로, 이드, S, 히나토가 친목을 도모하는 방식이자 윤리입니다. 이들은 약을 하고 자해를 하고 성냥으로 불장난을 합니다. 장난은 곧 숲에 불을 지르는 악행이 되어버리며, 새끼 양인지 소년이었을지 모를 생명을 죽이기도 합니다. 그렇게 서로가 저지른 불장난 속에서 이들은 "온통 시커멓게 뒤집어쓰고 알아볼 수 없"(1부 「실패한 룸펜들의 밤」)게 됩니다. "잿더미 속에서 나는 나인가. 너는 나와 가까운가"(1부 「실패한 룸펜들의 밤」)도 구별할 수 없는 이들은 '위악'의 공동체입니다.

어설픈 위선보다 무구한 위악을 선택하고야 마는 어린 사람들. 위선의 결말은 그것이 악일뿐임을 들키는 일로 흘러갑니다. 이들은 위선엔 관심이 없습니다. 차라리 "삶을 구걸할 바에는 멋이 있게 포기하"(1부 「개 두 마리」)는 쪽, 위악을 선택합니다. "우리는 망가진 것을 사랑"하고 "나도 우리가 꽤 망가졌다고 생각"(1부 「사계」)하며 서로의 위악을 끌어안습니다. 그렇지만 이들은 서로를 "조율하거나 고칠 생각이 없"으며 "망가진 채로 서로를 연주"(「Parachute」, 『숲의 소실점을 향해』)할 뿐이에요. 그렇게 망가진 서로를 연주하다 보면, 사실은 우리가 그리 망가진 것도 아님을 깨닫는 결말에 다다를 것만 같습니다. 당신을 조율하느니 차라리 당신보다 더 줄을 풀어버리고야 마는 우정. 그 조율되지 않은 음정으로 나름의 화음을 만들어내는 불화. 로, 이드, S, 그리고 히나토는 서로를 연주하며 말합니다. '나의 위악을 응원해주실 수 있습니까. 그렇다면 당신은 나의 친구입니

다. 우리는 아주 친밀한 관계에 있습니다.'

　　　　우리는 그만 부르고 싶은 돌림 노래였다

　　　　—1부 「돌림 사랑과 절망 노래」 중에서


　한 구절이 끝나기 전에 다음 구절을 부르는 돌림 노래처럼, 너와 나는 겹칠 수 있으나 끝내 온전히 맞물리지는 않습니다. 그런데도 나는 너와의 포옹이 궁금합니다. 포옹은 서로가 엇갈린 타인임을 온몸으로 감각하는 행위입니다. 매번 실패한다는 걸 알고 있음에도 너의 모습에서 나를 찾으려 애를 쓰듯, 서로에게 탈각되기 위한 잠깐의 맞물림을 수도 없이 반복하고 싶습니다.
　온전히 하나가 될 수 없다는 무력감을 이겨내고 끌어안은 포옹. 그 속에서 우리는 맞물립니다. 네가 나의 안에, 내가 너의 안에 포함되는 경험을 합니다. 나는 줄곧 이러한

'불완전한 겹침' 앞에서 어쩔 줄을 몰라 합니다. 낮의 하늘에서 저녁의 어스름으로 넘어가는 노을이 그렇고, 수분에 불과한 일식과 월식이 그렇습니다. 한 계절에서 다음 계절로 지나가는, 가을도 겨울도 아닌 절기가 사람을 관통해갈 때 몸살을 앓지 않을 도리가 있을까요. 여행지마다 노을 명소를 찾듯, 일, 월식마다 세상이 떠들썩해지듯, 겹쳐짐은 잠시뿐이어서 아름답습니다.

마지막 꿈입니다. 이국의 풍차가

쉴 새 없이 돌아가는 초원입니다.

당신은 나를 가두지. 가슴팍에서 나는 익사합니다. 나는 죽었어요.

죽은 나를 껴안고

당신이 울잖아요. 죽으려면 나가 죽으라고 말하더군요. 마음 안에서 시들지 말고 꺼지라고

소리를 지르니까요. 총성이 울리면

숲에서 추방당하는 새 떼.

꿈 무덤에 꽂은 칼자루. 어쩌면 나는 네가 부르다 만 노래입니다.

찢어진 악보입니다. 폭탄이라도 되는 것처럼.

꽃 덤불입니다. 성대 잃은 새.

꿈 바깥으로 달려갑니다. 우리의 합주가 끝나니까

관객들은 박수치며 환호하고요.

음악이 여기서 멎습니다.

그런데 부서진 건 나 혼자였어요.


—3부 「악보가 육체라면, 음악이 영혼이라면」 중에서


"너를 보며 죽고 싶다는 생각"을 했다는 건 곧 네가 나의 살아야 할 이유이기 때문이라고 말해도 될까요. 네가 내 생명의 결정권자라고 얘기할 수 있을 만큼 각별한 사람이지만, 그런 너와 함께 우리는 "해일이 오면 온몸으로 받아낼"

능력을 가늠해볼 법한 사이이지만, 빗나간 포옹 안에서 "나는 네가 부르다 만 노래"임을 깨닫고 말 것입니다. 우리가 함께 연주하던 "음악이 여기서 멎"습니다. 음악이 멎은 자리에서 "부서진 건 나 혼자"임을 알게 됩니다. 그 단독자의 운명을, 단수 감각을 온몸으로 앓아야만 합니다.

그때 그 폐가에서.

양초가 바닥나자 우리들은 어둠에 매혹되었습니다. 어둠 속에서 친구의 입술을 만진 건 나였지. 살아야 해. 입술의 움직임을 느끼면서.

—1부 「잉걸불」 중에서

"부서진 건 나 혼자였어요"라는 단수 감각의 깨달음. 이 깨져버린 손거울 같은 시집의 마지막 문장은 이토록 서늘합니다. 하지만 이 서늘함은 한때 타오르던 장작, 잉걸불의

온도를 거쳐온 이후의 감각입니다. "양초가 바닥"난 불장난 이후, 위악의 결말이 폐가를 뒤덮습니다. 어둠 속 폐허에 갇힌 이들은 "친구의 입술을 만"집니다. 그 입술의 떨림에서 단 하나의 메시지 "살아야 해"를 발견합니다. 살아야 해. 이말은 마치 '살고 싶다'라는 말로 들립니다. '네가 내 생명의 결정권자이므로, 네가 살아야 내가 살아질 수 있으므로, 부디 너의 생生을 견뎌주렴. 내가 살기 위해서 네가 살아야 해. 내가 살기 위해서 너를 사랑해.'

　살아야 해
　사랑해
　사랑해
　살아야 해

　가운데 거울이 놓여 있듯이 우리 사이에 말들이 반사됩니다.

너에게 이 시집을 건넵니다. 깨진 손거울 같은 시집, 빗나간 포옹 같은 시집, 검은 잉크의 데칼코마니 같은 시집······. 책을 다 읽고 나서도 책을 '덮는다'가 아니라 '겹친다'라고 말해야 할 것 같습니다. 겹쳐진 시집 위로 한 가지 질문이 떠오릅니다. 너도 이 시집을 다 읽고 나면 나와 같은 질문을 하게 될까요. 우리가 얼마나 겹쳐 있을지 가늠해봅니다.

아침달 시집 35

몽상과 거울


1판 1쇄 펴냄 2023년 11월 22일
1판 2쇄 펴냄 2024년 12월 23일

지은이 양안다
편집 서윤후, 송승언, 정채영, 이기리
디자인 한유미, 정유경

펴낸곳 아침달
펴낸이 손문경
출판등록 제2013-000289호
주소 04029 서울시 마포구 양화로7길 83, 5층
전화 02-3446-5238
팩스 02-3446-5208
전자우편 achimdalbooks@gmail.com

© 양안다, 2023
ISBN 979-11-89467-55-5 03810

값 12,000원

이 도서의 판권은 지은이와 출판사 아침달에게 있습니다.
양측의 서면 동의 없이 책 내용의 전부 혹은 일부의 재사용을 금합니다.